U0033552

JHAI NYU SIAO HONG NO KUA JIE RIH JI

宅女小紅の胯下界日記

自轉星球

在自己的小宇宙裡　用眼睛　看見世界真實的樣子

目次

我，阿寄老木，有時還有老杯

WO, A JI LAO MU, YOU SHIH HAI YOU LAO BEI

第一次被劈就上手

DI YI CIH BEI PI JIOU SHANG SHOU

敗犬靈魂深處的獨白

BAI CYUAN LING HUN SHEN CHU DE DU BAI

OL之人前單身萬歲，人後仰頭流淚（哭奔～）

OL JHIH REN CIAN DAN SHEN WAN SUEI, REN HOU YANG TOU LIOU LE (KU BEN~)

宅女小紅胯界姿勢佳
JHAI NYU SIAO HONG KUA JIE ZIH SHIH JIA

瘦不了之一輩子的奮鬥
SHOU BU LIAO JHIH YI BEI ZIH DE FEN DOU

為什麼不能天天扇班
WEI SHE MO BU NENG TIAN TIAN SHAN BAN

光怪陸離事件簿
GUANG GUAI LU LI SHIH JIAN BU

我，阿寄老木，有時還有老杯

———

WO, A JI LAO MU, YOU SHIH HAI YOU LAO BEI

你可以叫我宅女小紅

回想起來應該是我二十三、四歲左右的事了……（煙），那是我人生中一個重要的分水嶺，在那之前本人一直以男扮女裝的姿態生活著，不修邊幅的程度到達了人神共憤的境界。勇健的身形加上長髮皮衣牛仔褲裝扮整個很搖滾，也因此贏得了動力火車美譽。（哪裡美來著？）

女性自覺一旦喪失整個人生都向下沉淪，自暴自棄到愛穿爸爸的大T恤出門，只差沒站著小便、兵單一來就要代弟從軍惹。幸好在我MAN到即將長出老二的時候認識了睫毛膏天后江姊，她讓我的男兒魂沒有繼續成長茁壯像大樹一樣高。

某天，江姊教了鐵錚錚的我擦睫毛膏，然後我發現人類的睫毛一旦向上飛，內心深處的娘砲就自動出現惹；再加上姨媽一直有來報到，衛生棉錢從來也沒省過，種種跡象都顯示原來我是個母的我是個母的啊！（如果是拍鄉土劇，手上無論拿著什麼，這個時候都會驚訝到哐噹掉到地上）

從此本人穿著打扮慢慢從一條漢子走向一個女性化的境界──把老杯的衣服還給他老人家，開始試著穿一些裙裝及有跟的鞋子，出門也會記得穿上奶罩而不是一件吊嘎啊。（←開玩笑的，大家應該不會當真吧）

一開始覺得挺麻煩，走路還會很搖擺一點也不利嗦，但久了以後發現當女生真是挺不賴。需要負重物時有人會幫妳忙，終於能夠淡出捆工界，買東西時遇到男店員撒嬌可能會便宜一點或是送點小贈品。這些都是本人動力火車時期作夢也沒法享受到的高規格禮遇，元首出國也不過如此吧……（以前如果膽敢跟店員撒嬌應該會被阿魯巴後餵磚頭還發我一百塊叫我拿去買藥吃之類的）

從此我擺脫了動力火車封號慢慢恢復女兒身，這一切都要感謝江姊和睫毛膏，還有敵人在下我從不肯自我放棄的、

VOCABULARY

惹〔Re〕
「了」的變音。
例句：連惹都要造句，
我不想活惹。

老杯〔Lao Bei〕
老爸，台語發音。
例句：老杯～哇瞪來柳。

吊嘎啊〔Diao Ga A〕
無袖背心，台語發音。
例句：我最喜歡穿著吊嘎啊
在樹下乘涼。（誤）

利嗦〔Li Suo〕
做事乾淨俐落的意思，
大陸用語。

一顆熱切的少女心啊。

——推開實驗室大門——
實驗證明：只要有心，人人都能成為娘兒們啊啊啊～

【補充】敝人從小到大都不愛搞休揪去棒溜這套，因為以前的我是鐵漢，覺得三五好友邊調笑邊去廁所很娘氣。直到我認識克拉拉（我們以前同個公司），她每天不停的約我一起小便，我才體認到有人一起如廁是一件很溫暖的事。她離開公司後，我又恢復了隻身去小便的日子。一個人上廁所有個隱憂，就素衣衫沒整好不會有人提醒你，所以本人有兩三次匆匆衝出廁所後發現卡稱涼涼的，原來是裙子被卡在內褲裡、半個屁股晾在外面的經驗。
【再補充】順便宣導一個健康小常識。由於克拉拉是個頻尿精，那陣子我白天不管尿意濃不濃都會陪她去放一下，導致晚上睡到一半會情不自禁爬起來小便真的很煩。原來太常小便膀胱會變成草莓族，太寵它抗壓性會變低，所以大家還是盡量等到它八九分滿再去尿比較好喔。

休揪〔Siou Jiou〕
互相邀約，台語發音。
例句：林強和朋友們
休揪來去台北打拚。

棒溜〔Bang Liou〕
小解，台語發音。
例句：看鬼片讓我很想棒溜。

素〔Su〕
「是」的變音。
例句：我素不素你最疼愛的人～
你為什麼不說話？
（突然唱起歌來……）

卡稱〔Ka Cheng〕
屁股，台語發音。
例句：我的卡稱
常常溢到隔壁位置上，
很壞壞～

阿木美雲的故事

我的媽媽美雲女士很會做菜，自從我獨居後，只要跟她<u>靠夭</u>說家裡沒水果了，或是我很窮沒錢買肉吃（其實我伙食辦很好整個人肥得要命），她就會化身追風老嫗，騎著她的歐都邁從淡水送一堆菜來塞滿我的冰箱，母親真是像月亮一樣照耀我家門窗啊。媽媽這麼偉大，在下的第一本書不歌頌她一下還是人還是人嗎？（右手背拍左手心）

為了要寫我的媽媽，這兩天我卯起來想她老人家的事，結果全都是一些怪怪的例子。

【例一】小時候我媽很喜歡烹調鯰魚，那個時代的魚販常肩揹扁擔挑著活魚挨家挨戶兜售，我娘不知道哪根筋不對，買了之後會養在澡盆（全家人平常洗澡用的那個），約莫一個禮拜之後才殺。每天晚上洗澡時我們不但要忍受牠佔據了洗澡空間還要跟牠對看，小鯰（因為養了就取一下名字）體力很驚人，晚上會一扭腰就跳出牠家，而且牠缺水不會死，早上第一個打開廁所門的人就會發現牠在地上啪啪啪的，緊接著發出一聲怒吼：「媽～魚在地上！」那位太太就會跑來把魚丟回去這樣。

怪的是，即使這麼惱人她還是要養上一個禮拜。多年後我想起這件事，問<u>老木</u>為何吃前要先養，她說看到魚游來游去很<u>促咪</u>，覺得孩子們應該會喜歡。我看她是自己喜歡吧！我們都超討厭小鯰的啊，大便的時候要忍受牠在旁邊戲水很惱人，拉得很不暢快。

這麼說來，我娘真的挺愛養東西，也曾經在路邊草地上撿過烏龜帶回家養（一樣是養在澡盆），還撿過幾隻兔子回家，更奇怪的是有一次聽了什麼江湖術士說家裡養雞會帶來好運，於是乎就在我家三樓的陽台上養了一隻雞。

【例二】有一次，我媽出門買菜去了很久（但我們真的沒在

VOCABULARY

靠夭〔Kao Yao〕
抱怨、碎唸，台語發音。
例句：萬一我不會用靠夭造句，
編輯會不會來跟我靠夭？

老木〔Lao Mu〕
老母，台語發音。
例句：老木像月亮一樣～
照耀我家門窗。

促咪〔Cu Mi〕
有趣，台語發音。
例句：宅女日記很促咪，
大家應該要買回家，
不要在書店看免費啊～（搖食指）

急），眼看天色就要暗了吃飯時間快到還不回家，我們正在想這位太太是去哪玩了，這時大門有動靜老木終於回來，但整個人看起來有點暗沉說不出哪裡怪。一問之下才知道她走著走著一不留神掉到路洞裡，因為太深爬不出來一直大叫，但那裡前不著村後不著店沒人來救她，後來終於有個警察經過把她救粗乃。隔天我們去觀察了一下涉嫌謀殺家母的路洞，本來以為應該很不明顯會害到路人打算要去投訴一下，結果它在路邊很大一個超亮眼的，可以活埋一台休旅車那樣大，而且旁邊還有一些警告標示。不知道那位太太到底是怎麼走下去的，真是一個謎啊。

前陣子老木暗示我，她想去雷射除斑什麼鬼的，我回答：「媽妳又要嫁人了哦？做那個幹嘛啦，反正爸又沒在看妳，不要花那個冤枉錢了吧！」想想我真是一個不孝的女兒柳（羞）。而且根據上述例子，我想我會這麼愚，可能跟遺傳基因有很大關係吧。

VOCABULARY

粗乃〔Cu Nai〕
「出來」的變音。
例句：腰內肉總會淘氣的
從褲頭冒粗乃。

柳〔Liou〕
語助詞，台語發音。
例句：連柳也要造句，
編輯真的很為難人柳～

我的雞歪阿寄

我大姊是一個煩人的女人,她的雞歪完全禁得起時間的考驗。我以前很黑,所以她很愛叫我瑪莉亞,把我當菲庸使喚,逼我在外面要叫她「胎胎～」。她遠嫁米國之後雞歪不減當年可能還變本加厲,我常想姊夫脾氣一定很好吧,才能忍住不把她殺了埋後院。

大姊難得回來一趟,照理說姊妹團聚是件溫馨的事,但一切都因為她住我家而整組壞了了。

那天是星期五,她抵達時已經一兩點了吧,本人已然呈現極想睡覺的彌留狀態,她一面假體貼的跟我說「怎麼還不睡,快去睡啊」,一面打開行李把要送我的東西堆在我床上,還嫌我家又臭又亂等等等,又趴在床上叫我幫她按摩背。

第二步是嫌我家好熱。說真的我家很通風,已經算涼爽的了,不過可能是米國太冷了導致她不習慣台灣氣候,於是開了我那台前任屋主留下來已經絕版曾經發出爆破聲的老爺冷氣。門窗緊閉之下,她還大吃充滿蔥蒜的鹹水雞(旁邊還有一碗麻辣鴨血幸好沒打開)。我家只比休旅車大一點點,於是瞬間充滿了食物的怪味,讓人非常美頌。

隔天早上,她逼我去買燒餅油條和飯糰給她。我走遠一點去買比較好吃的那家,回來油條軟了胎胎很不開心嫌我走太慢。為了滿足外國人對食物的鄉愁我多買了幾樣,所以那天早上胎胎共計吃下一套燒餅油條夾蛋一個飯糰一個水煎包和芋粿巧數口。

吃完飯她覺得很無聊,就勸我幫她拔腋毛打發時間。小時候,我家客廳常出現她躺在沙發上張開雙翼看電視,我在幫她拔腋毛的和樂畫面,不過我現在成熟了,當下義正詞嚴的拒絕她。

可能是水土不服或是吃得太多喝得太脹,她展開一場不停

不停不停剉賽的旅程，一進廁所噗噗聲就不絕於耳，像發動不了的老歐都邁那樣。害我都不太敢進去，想要去樓下使用公廁。

隔天早上九點多，我就被她啃鹹水雞的聲音啃醒，明明一直到剉賽還硬要一早吃麻辣鹹水雞這件事讓我不是很明白。這天照例等她噴了幾次屎之後，才開始一天的行程。早上的行程是陪胎胎去做水晶指甲，做完指甲她又拖著我在東區尋尋覓覓想找鹹水雞，好像鹹水雞是她仇人她要吃光牠全家釀。

最後，因為找不到，我們只好買了鹹水雞的好朋友鹽酥雞回家。一回家她又嫌家裡好熱好熱，我已經懶得理她（要不是我EQ高早就打給她死了），去上個廁所出來竟然看到她只穿奶罩和丁字褲坐在餐桌上吃鹽酥雞。

天壽哦～窗子沒關柳！我家對面好像是眷村，裡面的老杯杯都要爆血管惹。

又聽了幾次她噴屎的聲音後，她去喝喜酒、我跟朋友去吃飯。約莫十點左右她在回家路上，路上哦，她跟我說剛坐車經過家附近的鹹水雞它還開著，叫我早點回家幫她買。這家店離我家約五分鐘路程，我問她幹嘛不自己買，她說她穿得像妓女走在路上會被強暴。十分鐘後她又打了電話給我說一個女孩子家不要這麼晚還待在外面很危險，叫我趕快回家順便幫她帶鹹水雞。

她也不想想我為何不願回家，都是因為她在家她在家啊～晚上洗澡時廁所瀰漫著讓人不悅的怪味，我想應該是她剉個不停的後遺症。也不是臭就是怪，一種怪怪的滋味飄在空氣中，仔細觀察馬桶水還會發現上面浮著一層油的感節，我用強力水柱沖了一下馬桶，竟然在馬桶靠近上方的死角處（就是那種鴨嘴清潔劑要噴的那一圈），流出一些

VOCABULARY

剉賽〔Cuo Sai〕
拉肚子，台語發音，
引申為完蛋了。
例句：整本書都用舊文，
萬一被讀者發現會不會剉賽？

釀〔Niang〕
「那樣」的連音。
例句：你再釀，
我就要告訴老師了（指）

感節〔Gan Jie〕
「感覺」的變音。
例句：我講話好像有點
台灣狗以的感節。

來歷不明的小屎塊！這屎也噴發得未免太激烈，讓我不太酥湖。

仔細刷洗完馬桶後，隔天早上我發現馬桶邊又有一些剉賽的遺跡……妳可不可以讓馬桶休息一下啊～～～（搖晃胎胎的肩膀——然後發現一搖她，她動太激烈又想剉賽惹……）為了馬桶的健康，一定要趕快把她送走才行。

上班時我CALL OUT給她，問她要不要搬走，因為昨天聽說她朋友在問她要不要去她家住（不過我理性思考了一下，如此雞歪的人怎麼會有朋友，應該是小時候的那種幻想朋友吧）。她說下雨了，下雨天是留客天，所以她不能離開然後叫我早點回家她在家等我……

啊幹，她如果再住下去我可能要藉由毒品麻醉自己惹！

VOCABULARY

酥湖〔Su Hu〕
「舒服」的變音。
例句：講話台灣狗以會不會讓人不酥糊？

→

其實想賴一下床的，
但老人家總是情不自禁的早起啊

ONE DAY OF
JHAI NYU

HOURS

07

MINUTES

58

哦～溫蒂姊

溫蒂姊大我三歲,這幾年一直在大陸上班所以很少在家。我本來想寫寫她的生平事蹟,但一時之間想不出什麼鬼,只記得她很有正義感,非常熱愛投訴和報警。如果人行道上有機車對行人不禮貌她就會去罵,之前我家樓下有一家軌道車店每天發出噪音也被她報警過好幾次,連路上有變態出沒她都會去報警,真是正義的化身,現代蜘蛛人。

而且溫蒂姊很大方,我去大陸玩都是她請的。我這人下流成性出去都不帶錢,她還會每天發我零用錢讓我買紀念品,真是個好姊接。雖然上次去北京她堅持不讓我買「毛主席為人民服務」系列產品,導致我們感情有破裂一下子,不過在她讓我升等商務艙後,姊妹之情又回溫惹。

說到商務艙還真是人間仙境,連胡椒罐都有而不是一個紙袋用撕的,餐具整個也很高檔,不是一個錫箔紙蓋著的小方盒,方盒裡的東西因為過度微波,吃起來味道還都一樣。水用高腳杯裝著,腿還可以伸直,椅子大到可以盤腿。可惜只飛了兩小時,如果有來生真希望跟商務艙長相廝守。

寫到這發現離題了,火速回到溫蒂姊身上。

自從她去大陸上班後,太常跟阿陸仔打交道性格變得很暴戾,臉部線條都機車了起來,對服務生變得很不耐煩。幾年前和她在大陸玩,聽到她對計程車司機講話的態度,我覺得我們能活著回來真是萬幸。

雖然如此,在我心目中她還是姊接界中數一數二的,因為她一回來我就會有喝不完的甜湯和鹹湯或是排水利尿湯,還有吃不完的水果。又因為她很愛亂買不適合她自己的東西,所以她一走我都會多很多衣服,本人的TIFFANY項鍊和手鍊也都是她送我的。

哦～溫蒂姊,我要輕輕為妳唱首歌。

VOCABULARY

姊接〔Jie Jie〕
「姊姊」的變音。
例句:姊接也要造句,
我要去告訴老師了～(哭奔)

第一次被劈就上手

———

DI YI CIH BEI PI JIOU SHANG SHOU

宅女小紅就是這樣誕生的

重點其實從倒數第八行開始，不喜歡看廢話的可以省略掉前面的一千六百多字。（哇拷，我廢話還真不是普通的多啊……）

其實一直想寫一些兩性文，無奈本人書唸得不多，要教大家什麼實在有點勉強。不過我始終認為過來人的經驗很珍貴，之前失戀時幸好有老頭拉拉江姊阿寶KIKA金秋夫人等朋友陪我聊天又出意見（應該還有很多，沒寫到的真拍謝），我才沒有_____（其實我也不知道沒有他們我會不會做出什麼怪事啦……畢竟我是個沒種的人）。我到現在都還清楚記得，莫名被甩後的第一個週末，本人三天沒闔眼又幾乎沒進食（好懷念那幾天胃口緊縮的狀態柳），KIKA開車來我家跟我聊天，還帶我去陽明山上走走，又請我吃飯的事，真是活菩薩來著。那時朋友的勸告其實不見得聽得進去，自己看開才是最重要的。

第三排的朋友這時舉手發問惹：教授，請問妳是怎麼看開的呢？

是醬的（遠目），這是一個前因後果很長的故事，膀胱無力的先去小個便比較好，爆米花順便準備一下。

有天早上本人突然在家發瘋，約莫打了二三十通電話給（老）女上師的男寵李叉叉（←不醬介紹他我會很矮油）。那天彷彿是分手第三天吧，之間我都沒有打電話給他（因為本人是硬頸界的第一把交椅）。我看到他留在我家的一大包東西很不爽，不過我覺得大部份原因應該是太不甘心所以想找當事人來哭鬧一下。他都不接電話，我實在沒辦法只好打去他家，電話是李媽媽接的。很顯然的，他昨兒個晚上沒回家，而且沒告訴他娘他甩了我，李媽媽的回話完全以為他在我家。後來我問伯母李叉叉早上幾點出門的，伯母很明顯的有點慌張加語無倫次（李媽媽拍謝我嚇

VOCABULARY

哇拷〔Wa Kao〕
台語感嘆詞，也有讚嘆之意。
例句：哇拷，
金針菇一包只要八元，
快買來囤啊～

拍謝〔Pai Sie〕
抱歉，台語發音。
例句：整本都是舊文，
真拍謝啦～（臉紅紅）

醬〔Jiang〕
「這樣」的連音。
例句：你再醬，
我就要去告訴老師了～
（我只有這招了）

矮油〔Ai You〕
介意，指心裡怪怪的感受，
台語發音。
例句：衛生棉條塞不好
就會很矮油。

$\rightarrow$

又是無聊的一天，
醒來幹嘛咧……（滾來滾去）

ONE DAY OF
JHAI NYU

HOURS

08

MINUTES

12

到妳惹）。然後女人的第六感讓我覺得案情不單純，又開始發了狂的摳李先手機和PHS他都不接，於是本人發狠的留了聽起來很想不開的留言給他。他終於打來了，背景音是爵士樂，很明顯在某家咖啡廳吧。他說他找朋友去金山散心，聽到金山二字我就覺得這個傢伙九成九在約會，不把你叫回來老娘不姓＊!!

那時好像是中午十二點左右，我假裝想不開的樣子（現在想想我好幼稚，真害羞柳），無良扁臉男說他約莫晚上十點多才能到台北，我說不行，你再不回來我就要＿＿＿＿＿＿惹（我真的忘了我到底要幹嘛）。他考慮了很久，說金山現在大塞車，他馬上回來可能要五六點才能到台北。我猜他當我是傻的，因為以前他很愛去金山，還會很爽的說走快速道路不用半小時，這個時候老娘更堅定的相信他是在約會。

之間的事太長先略過，直接跳到他來我家這段（跳一下）。蘇的一下七點到了，李某人坐在我家客廳，因為問不出個所以然，只好鬼打牆的把話題圍繞在閒來無事幹嘛分手這件事。李某人說到眼淚鼻涕噴發，哭出一座衛生紙山。這時我才發現原來當你開始懷疑一個人時，看事情的角度都不一樣了。我看著他的側臉一直在想：你的臉真的很扁耶，以前怎麼會都沒發現。

他邊哭邊跟我講他是瘋子是精神分裂，每天一直寫部落格和上網，因為他晚上無法入睡。（往事歷歷在目，正常時候吃完晚餐大概九點多他就會在沙發上打起盹兒來，叫他起來還會有起床氣，要說他半夜睡不著肯定是白天睡太多。）然後還說了經典對白：「我的空虛是一頭野獸，會傷害身邊的人。」最後又加碼了一些他的心空了一塊、無法再愛人之類電視劇裡才會出現的對白。

VOCABULARY

摳〔Kou〕
「CALL」的音譯，打電話。
例句：基努李維剛摳我，
可惜我在洗澡沒接到。

跳一下〔Tiao Yi Sia〕
原為電視用語，
參與節目錄製的眾人
一起跳一下，方便剪接。
例句：這只是個動作，
就不要造句了啦，
我們直接看下一題。（跳一下）

蘇〔Su〕
狀聲詞，與「咻」類似，
很快的意思。
例句：歲月蘇的一聲過去，
我從少女變成中年人了……（煙）

宅女小紅の胯下界日記

20

也許是看我無動於衷吧（因為我的心思圍繞在他跟誰去金山這件事上），他說他受不了惹，他是個爛人，開始搥地搥牆搥櫃子，搥遍了我家好搥的東西，導致本人有點肉痛（那時剛搬家不久，家具很新的柳）。又哭又搥中場累了還休息了一陣子，到了十一點多，他說他再也受不了惹，受不了如此爛的自己，拋棄了我還待在我家，他是個爛人，他再也受不了惹，不走不行，於是就揹著他的一大袋東西手刀奔出我家。事後我和朋友都猜他一離開我視線應該就哼出歌來還蹦蹦跳跳，走出大門那刻甚至還來開心跳躍用腳掌拍手這招。

會想寫出這件事一方面是有人叫我整理一下分手始末，另一方面是我一直覺得本人的故事很勵志（吧），算是被劈界的楷模（我真的很不要臉啊）。不過寫著寫著又發現我不是寫心靈雞湯這塊料，文章只要寫到李叉叉總是會朝向尖酸刻薄的道路上前進，最後我想把方向拉回到我想表達的主題──（沒錯，上面的那一千六百字都不是主題唷……）

被提分手真的是很難過的一件事，但哭鬧對事情沒有幫助，私以為有骨氣的女人是最讓人懷念的，會哭會求的人不夠愛自己，會被對方看輕的。而且年紀漸長，人會更了解自己要什麼，約會的對象也會越來越精良（從我後來約會的男倫，臉都很有立體感這件事可見一斑）。

不過本人因為看透這點後，由於太愛自己導致胖了五公斤，也不是一個正面教材。請大家在愛自己之餘記得忌口，女人年紀大了會比較容易胖，愛字意唷～

VOCABULARY

手刀〔Shou Dao〕
手掌攤開、四指併攏，
呈刀狀，形容快速奔跑的樣子。
例句：星期五的晚上，
我要手刀奔去火鍋店～

男倫〔Nan Lun〕
「男人」的變音。
例句：俗語說男倫容易痔瘡，
其實有痔瘡的女倫也不少。

愛字意〔Ai Zih Yi〕
要注意，台語發音。
例句：痔瘡會出血，愛字意哦～

前任男友的現任情人

分手後，我才知道前男人是因為愛上別人才甩了我。只要是女人，此時此刻應該都會很想知道第三者長什麼款，本人就有無聊的透過各種管道打聽女上師的樣貌，那時才知道原來身邊有好多人都認識她。

江湖上在傳女上師長得不太稱頭，（DEAR女上師：這些真的是江湖傳言，非本人刻意抹黑，我也沒看過妳啊……）實不相瞞，這就是我想聽到的答案，只差沒抄起來護貝放在皮夾，坐公車時打開來回味一下然後噗嗤笑出聲來。（雖然我不知道朋友是不是故意討好我才醬說的啦～～～）當然這些傳言並不能滿足我的求知慾（唸書時如果求知慾有這麼強，可能得到兩座諾貝爾叉叉獎柳），我還透過他的網路相本想看看有沒有女上師芳蹤。很可惜的是並沒有，一堆約會照裡，都只有前男人痣己。我開始懷疑她其實是跟賭神高進交往，不過賭神也有背後照，女上師卻連背後照都妹有！

其實幾個月前有件事讓我壓抑了很久，壓抑到想在地上滾來滾去。也就是我發現坐在後面的同事講電話時常提到（老）女上師，看來她們兩個是認識的。每次她一提到那個「不能說出名字的人」（醬聽起來很像哈利波特，好拉風），本人就要用小刀捅自己大腿，才能按捺住想去打聽的慾望。

昨天好巧不巧，下班時分我和同事在大門口打照面，附近都沒別人，我覺得再也不能吞忍住想問的慾望，就開口問同事P：「妳跟＊＊＊很熟嗎？」

P：工作有接觸啊，但沒私交，怎麼著？
我：ㄟ……沒啦！我前男友因為她甩了我，所以我一直很想知道她長怎樣。

VOCABULARY

款〔Kuan〕
長相、模樣，台語發音。
例句：像我這款屁股大的
比較會生小孩，
企業家第二代
千萬不要錯過哦～（摸臉）

痣己〔Jhih Ji〕
「自己」的變音。
例句：麻辣鍋
讓我不能痣己的迷戀著。

妹有〔Mei You〕
「沒有」的加強版，
常搭配驚嘆號。
例句：連這個也要造句，
有妹有搞錯啊!!（截太陽穴）

P：（一臉驚訝）是哦～～～她長得就一副……歷盡風霜的樣子。

我：有人說她像沒化妝的黃韻玲，是真的嗎？是十年前的黃韻玲唷，不是現在。（這點一定要強調，因為黃韻玲最近變得灰常漂亮唷!!）

P：是有一點啦……不過，她還有點肉肉的……（老娘在社會上打滾多年，大概明白她想說的是胖，原來她是胖的!!）（又，我嘴角上揚惹）

P：她很兇耶！就是對工作人員講話都不是很客氣那種。

我：但我聽過她在電話裡跟我前男友撒嬌，挺嬌媚的柳。

P：好意外哦……不過妳放心，他們應該是日久生情，講話很投機的那種戀愛，不是見色心喜那種（哦哦～我最喜番跟壞嘴人聊天惹）。

打聽完後，不知為何心情卻一陣稀微，一點滿足感都沒有，跑完馬拉松還比較有成就感柳。我沒有敲鐘請全公司喝酒，看來我成熟了，這點小事已經不會讓我特別開心了，我為自己的成熟感到好驕傲哦。

對了，那個（老）字是系統自己跑出來的，真的不是我打的，因為我很成熟柳（撥瀏海）。

VOCABULARY

灰常〔Huei Chang〕
「非常」的變音。
例句：這本書灰常沒營養，
不要給小孩子看啊。

喜番〔Si Fan〕
「喜歡」的變音。
例句：我喜番吃鳳梨和金針菇。

稀微〔Si Wei〕
心裡一股微微、淡淡的
惆悵感，台語發音。
例句：明天要上班引我心稀微。

關於被劈這件事

關於被劈腿這件事，其實本人不算太有心得。

之前一個徵信社的朋友告訴我，對方如果接電話時跑很遠那九成九有問題，我才想到我會覺得李叉叉有鬼是因為有次他電話響了，第一次不接、沒五分鐘又來一通時他走出我家穿過警衛室越過花園走到馬路邊去講。踏馬的真是太神祕惹，看到這種景象還不追查怎麼對得起CSI的何瑞羞大人。

說到這，我要回歸正題了，正題就是劈腿人的理由常常很瞎，我的朋友克拉拉就是一例。

克拉拉在前男友的手機裡發現跟別人的曖昧簡訊，那個爛人硬掰說對方剛失戀心情不好，所以他要叫她「老婆」來安慰她。可恥的是克拉拉竟然相信了，害我很想餵她吃磚頭！

還有一些什麼「媽媽說我們八字不合」、「妳看起來不太會生」這類的機車分手理由也很說不過去。我還有個朋友遇過男生說：「我們房事不夠多，所以我才會找上別人。」友人說天哪這是什麼理由，你要是有體力儘管放馬過來啊，次數不夠難道是我的錯嗎嗎嗎？

當然還有一些「去MOTEL只是為了找個安靜的地方洽公」的人，也是讓人覺得可恥極了，更可恥的是事後還被爆料特別指定有八爪椅的房型，可能是想在上面做簡報吧。而李叉叉的理由是（老）女上師爸爸生病，身為炎黃子孫及龍的傳人這時不能不陪在她身邊。身為當事人我倒是覺得這個梗挺新鮮，加上有弘揚孝道整個很大愛。不過，有點想用食指狂度他腦門，告訴他老娘要是這麼蠢早被騙去東南亞賣淫惹，怎麼有機會當上國際公司的主任來著。

本來想寫這個只是有感於劈腿事件好多，大家的道德觀念

VOCABULARY

踏馬的〔Ta Ma De〕
「他馬的」加強版。
例句：踏馬的！
敢再叫老子造句給我試試看！！
（折指關節）

度〔Du〕
戳，台語發音。
例句：什麼～連這個也要造句，
編輯你有沒有人性啊？
（度太陽穴）

似乎有待加強，身為大中華區道德重整委員會會長的我本人看了實在很心痛。但是，寫著寫著突然發現沒辦法收尾了，這就是身為不專業寫手的宿命啊（輕吐煙圈）。還好，我急中生智，突然想起溫蒂姊之前也發現男友劈腿這件事。那時涉世未深的我覺得姊接好強，怎麼抓得到？結果她眼中散發出智慧之光正色的告訴我：「這種事情不會沒有徵兆，是很容易發現的。」

「那妳是看到什麼SIGN？」

「那個女生打給我！」

干！好爛哦，這樣也好意思說嘴，終於發現我姊比劈腿男還丟臉柳……

干〔Gan〕
「幹」的變音、簡體字。
例句：說幹會沒法嫁入豪門，
要說干哦～

拎北相信下一個會更好

說到「分手沒講清楚」以及「容易被取代」，私以為如果有辦PK賽，本人不是種子選手就是可以直接去當魔王了。我剛調閱了VCR，發現李叉叉是在八號清晨甩了我，九號去（老）女上師家睡。（但我真的認為他沒有劈腿唷，只是劇情安排得比較緊湊而已，可能他本人比較怕冷場吧……）至於沒講清楚這一點，因為我是文盲，直到現在還是不太明白「我的空虛是一頭野獸，會傷害身邊的人」是想表達什麼。不過這句話很拉風，本人一直偷偷的以擁有這個句子為榮。分手後沒多久，這句話也風靡了朋友圈，有天大家還休揪把MSN暱稱改成：我的＊＊是一頭野獸，會傷害身邊的＊＊。

VOCABULARY

溜〔Liou〕
「囉」的變音，語助詞。
例句：你再這樣，
我要告訴老師溜。

【例一】我的食慾是一頭野獸，會傷害身邊的零食。
【例二】我的前男友是一頭飢不擇食的野獸，會吃了身邊的（老）女上師。

反正男朋友是身外之物，跑了再找一個溜，這就是人生啊。很難想像老娘當初會因為被甩失眠很久，晚上發瘋到打開李先生的MSN送出一堆三字經（羞），有時還想打電話到他公司去公開他的地下情。幸好，我把那股憤怒的力量變成一堆垃圾文，還靠著說他們賢伉儷的壞話補貼了一點房貸，感覺過得還不錯，想開點真的沒什麼大不了。其實這篇本來是想寫出一種心靈雞湯的感覺，但好像又變成趁機幹譙李叉叉文，看來療癒系作家不是那麼好當的，我還是專心的當復仇系作家好惹。要不要把筆名改成黑玫瑰比較貼切呢？又，本來篇名很想知性一點，叫做什麼離開心更寬之類的，但邊寫邊覺得好害羞唷，我明明只有卡稱變寬惹。原來，感性的文字是這麼難寫的啊～

→

沒對象閒聊
只好跟水瀨談心惹。
水瀨啊水瀨，
你說設計師有沒有
把我腿修細一點啊……

最瞎的分手話

日前看到《康熙來了》在談最瞎的分手話，可惜我的那句明明就超瞎卻沒能上榜，都怪我不紅，沒能致力的推廣它。我要在此跟它道歉，並請它給我一點時間，敝人很希望為它打開知名度，請再給我一個機會。（←拍謝以上都是廢話來著⋯⋯）

重點是，我覺得造成兩人分手，理由可能有很多（比如有上師或女上師更甚者是老女上師介入等等等），原因絕不可能是一兩句話可以帶過的，李叉叉想甩我也有可能是他真的感覺我們個性不合，再下去沒有未來只是浪費時間。這些理由現在想想本人是非常可以接受的。

其實我也很難想像跟他繼續走下去會怎樣，真的能夠幸福快樂生幾個（臉扁扁的）孩子嗎？也許當時在沒什麼大問題的狀況下，突然提分手真的很難，所以他覺得講一個怪理由後把過錯都推到自己身上我會比較能接受吧。其實他在邊哭邊跟我說那句經典台詞時，我心臟有糾了好大一下，而且那個摸們真的有相信他的空虛是一頭野獸，畢竟第一次看到有個男人在我面前哭成醬（請各位試想，〔醜一點的〕馬景濤邊哭邊爆青筋邊流鼻涕邊吶喊「我的空虛是一頭野獸，會傷害身邊的人啊～～～」的畫面）。可惜那時候盛竹如忘了提醒他，敝人在下我會變成一個專說他閒話的復仇系女作家，不知道他會不會後悔編了一個這麼瞎的理由。

有時候分手不是誰的錯，個性不合就是不合，把時間留給對的人不是很好嗎？提分手真的很難，不過私以為那條線一旦跨過了好像也沒什麼，把真實的原因說出來，如果兩人願意努力的話，也許會有改進的空間。千萬不要假會的去找一些爛藉口，免得對方復仇心起發憤圖強，會跟李叉叉一樣被罵上了報。

VOCABULARY

摸們〔Mo Men〕
「MOMENT」的音譯，
瞬間、重要時刻。
例句：一直造句雖然很辛苦，
想到領版稅的摸們，
一切都很值得。（遠目）

VOCABULARY

點燈〔Dian Deng〕
很久以前的知名談話性節目，
相當溫馨勵志。

最後，因為本篇算是有教育意義（吧），我決定要來一個點燈式的溫馨結尾。雖然敝人在下我的寫作生涯一直以攻擊李叉叉和他的（老）女上師為職志，但我這輩子聽過最溫暖的情話也是出自李某人之口。我害羞的把這句話跟大家分享一下：

妳不胖～只是胸部大～～

哦hohohoho～（我開心到出現聖誕老人式笑法惹）電視機前的男孩子不妨多跟他學學對女友的話術。這話非常禁得起時間的考驗，我一定會把它帶進棺材的啊～（羞）

原來這就素L・O・V・E啊

最近看到王力宏的〈第一個清晨〉MV，頭皮不知怎的麻
了起來。它的內容大意是舒淇在睡覺，王力宏坐在床頭彈
吉他唱歌，劇情相當的唯美浪漫充滿戀愛的感節。

我要害羞的承認，想當年我和前男友李叉叉，竟然也上演
過這款浪漫逼人的橋段。不過，一模一樣的內容，主角從
俊男美女變成大頭男和胖女人聽起來已經讓人胃酸強力噴
發了，如果再加上大頭男吉他彈得極爛無比、胖女人還
躺在旁邊充滿愛意（是意不是液唷）的大讚他是吉他花美
男，觀眾看到這段應該紛紛用五個字問候我家高堂老木，
沉不住氣點兒的已經腳底攘央的飛踢過來了吧！

說到前男友的吉他技術，在看到他昂貴的電吉他和高級的
諳譜以及花俏的揹帶、房間裡無所不在的PICK時，我曾
經誤會他彈得很好，直到他為我開了吉他個唱，本人在
欣賞他彈出很多聽不出是什麼的單音還謊稱那是一首歌
後，四下無人時都會偷偷的摟著他昂貴的吉他，跟它說聲
SORRY真是委屈你惹，希望你下輩子投胎到好人家。

想到彼時我們一起看G3演唱會DVD後，李叉叉熱血沸騰
的拿出電吉他，拚了老命彈出很多很多個不明所以的單
音，而這一世人發誓要力捧男友，為愛盲目的我本人則
在一旁用生命喊出「吉他之神～安可))))安可))))」的畫
面，鄰居們沒來縱火還真是佛心來的，又或是他們家裡早
就上演著「不要拉我！拎北要去吼依細!!」的橋段了。鄰
居們對不起，我只能說戀愛讓我眼裡充滿蛤仔肉，本人愧
對養大我的爹娘啊……

（剛突然擔心起來我會因為說他帥死後下拔舌地獄，好慌唷）

（話說回來他也常說我不胖，所以我們死後會在拔舌地獄
上演感人的大重逢吧！）

（好一個今生情未了啊……）

VOCABULARY

攘央〔Yang Yang〕
「攘攘」的變音。
例句：金城武讓人心攘央～（羞）

G3〔G3〕
三個很會彈吉他的阿豆仔
組成的吉他之神夢幻團體，
喬沙翠亞尼及史帝夫范
這對師徒是固定班底，
第三人常換來換去。

拎北〔Ling Bei〕
台語發音，直譯為「你爸」，
常用來自稱。
例句：敢有叫我造句，
拎北就找人把你那個了！
（手抹脖子）

吼依細〔Hou Yi Si〕
讓他死，台語發音。
例句：劈腿的人吼依細啦～

→

早餐吃什麼，問一下周公好惹

你不安全我不安全

這事說來話很長。

是醬的，我家附近有一家很棒的咖啡廳，是李叉叉的好友開的。他以前特愛去，可是因為那店離我家太近惹，我閒晃時很容易經過，分手後他為了怕跟我打照面就不太去了。

某天吾友老頭在裡面喝咖啡，打電話問我要不要去，因為我人在外面，就跟他說回家時如果經過就去一下。隔沒多久他打來叫我千萬不要去、那裡「不安全」，因為李叉叉過去了。妙的是，老頭那天剛好坐櫃台旁，聽見老闆接了個電話，支支吾吾的說「有點安全又不太安全」之類的，還朝他所在的方位瞄了一眼，過沒二十分鐘李先就進來店裡了。

聽到這件事後，我覺得李叉叉未免太沒種了，我有那麼不安全嗎？所以我無聊的 老症頭 犯惹，回家時小跑步衝去店裡跟他說：「這裡一點也不安全！」然後想到他的無膽笑個沒完。之後還跟同樣嚇到六神無主的老闆說：「我沒帶武器，也沒攻擊過你店裡的客人，我真的很安全！」走前更不忘貼心的提醒李叉叉：「這裡真的不太安全，因為我當下不在不代表之後不會來，我連回家都會經過啊！」然後就像風一般的捲走惹。

回家路上，我覺得自己還真他媽無聊，他這 一世人 應該再也不敢踏進這店了吧。

不過，連盛竹如也沒想到——隔天下午我晃去店裡吃冰又遇到他！我很有禮貌的跟他說：「啊～這裡又不安全了。」然後開始等冰看《壹週刊》。

沒想到，冰還沒吃完，另一位許姓男子走了進來。這位許先生是李叉叉好友，之前也劈腿劈很兇，所以本人打心底覺得許李兩位太＊惹，咖啡店的文人氣息登時被破壞，再

坐下去可能會被傳染，下半身都要癢了。

我趕快吃完冰要走，走前想說大器一點，打個招呼好了，就跟他們說再見。然後又因為敝人很想改善社會風氣，加強人類道德觀提倡單一性伴侶，再見完又加了一句：「不要再劈腿了唷～～～兩位。」

走出店後我想通了一件事：難怪我朋友常說有天我走在路上被殺他一點都不會意外，原來我真的是個該殺的女人啊。該死的是我突然想到之前聽說許姓男子的公司好像有一點點黑道背景，真是太可怕惹。

本來不想把件事寫粗乃的，因為這樣無異是召告天下，本人在知性的專欄女作家外表下其實是個蕭婆，被甩根本是活該，並且可能揹負著瘋婆子的包袱，然後一輩子都交不到男友。

不過，因為我太擔心會被殺惹，所以決定把許先和李叉叉的真名貼在我家冰箱上，如果有天我遇到什麼不測，請檢調單位一定要找那兩位先生約談，他們兩個非常值得懷疑啊～

VOCABULARY

蕭婆〔Siao Po〕
瘋婆子，台語發音。
例句：社長再叫我造句，
我就要變成蕭婆惹。

乃口可以不酥湖，不能太大條

認識我的人都知道，敝人一直深為下半身業障很重這件事苦惱。可能是我上輩子殺人放火做了很多喪盡天良的事所以遭到報應吧，我的卡稱不但大到很<u>嗯係款</u>，形狀也生得很難看，加上我上身不大的關係，整個人看起來比例<u>休誇</u>怪怪。

雖然實在很不想帶它出門，但卡稱總是無恥的跟著我，如影隨形。就這樣，我跟我見笑的卡稱同進同出了數十個寒暑。照理說需要預留多少空間給它、何時可以直著走何時需要側身憋氣才能SAFE，敝人應該心裡有個譜才對，怎麼今天在公司經過自動門時竟然會卡到門！撞得力道之大把經過的人都嚇壞惹。幸好是強化玻璃，不然公司門被我屁股撞壞這件事傳出去我還要做人嗎？想想還是覺得真是太不可思議惹，以前明明過得去啊，難道說它們瞞著老娘偷偷長大了！！我不能接受，我不要聽我不要聽～（掩耳跑開）

說到卡稱，我又想到一個足以讓英雄淚滿襟的往事……（含淚遠目）

話說我那位分手隔天急著去睡（老）女上師的無良前男友李叉叉，在分手後的半個月，把一袋我放在他家的東西寄在一位朋友那兒叫我自取。

那位朋友是開咖啡店的，到了現場看到那袋東西我整個傻了——無良男把我的東西放在一堆雜物之中、靠在牆上，也沒請朋友先收起來。這也就罷了，那個王八蛋竟然把我的睡衣（幸好不是胸前兩團毛那種）和內褲放在紅白塑膠袋中，就醬託孤在朋友店裡！

雖然還有大紙袋裝著，我還是心頭緊了好多下，因為我的內褲被放在最上方袋口處，要是有人一個不小心踢到它，裡面的東西滾粗乃，被人家看到我內褲那～麼大<u>一蘇</u>我要

VOCABULARY

嗯係款〔En Si Kuan〕
不成樣子、太過誇張，台語發音。
例句：分手隔天就去睡別人太嗯係款了吧，分開還沒過頭七柳

休誇〔Siou Kua〕
有一點，台語發音。
例句：本書休誇下流，十二至十六歲的青少年請父母要陪同觀賞。

見笑〔Jian Siao〕
丟臉，台語發音。
例句：每次去聯誼都沒人跟我聯絡，真的很見笑。

一蘇〔Yi Su〕
一件，台語發音。
例句：我一蘇內褲的布夠蔡依林做一件外套了，但她應該不會想穿吧。

怎麼在社會上立足！李叉叉～你都已經甩了我還不夠嗎？
為什麼還要醬陷我於不義啊！（搖晃肩膀）

不過說來這也不能全怪別人啦（煙），本人固然下半身業
障比較重，但也有看起來小條一點點的內褲，早知道就不
要拿這條那麼大的、看起來簡直跟女子高中生運動短褲差
不多大蘇的乃口放在男人家。

本人害羞的把這麼有警世意味的故事拿出來跟大家分享，
無非是希望女性朋友們能注意：內褲寧可不酥湖不能太大
條！就算真的十分喜愛黃埔大內褲，也千千萬萬也不要把
它放在男友家。

咦～愛字意晤！

VOCABULARY

乃口〔Nai Kou〕
內褲，台語發音。
例句：我買乃口很划算，
因為SIZE大，布用得最多。
（傲個屁）

EX與終生保固

人類是不是多多少少會想騷擾前任情人？我承認我有過，不過是在莫名被甩的一個星期內，現在想想有點歇斯底里。那時就是對於分手很納悶，一肚子火想找對方理論的心情，差不多一個月後這種心情完全沒了。因為本人還挺懶的，加上知道他其實是另結（老）新歡，人家都有新人生了，再去勾勾迪我自己會覺得挺丟臉的。就算分手時對方說：「我們是一輩子的好友，以後妳有事還是可以找我幫忙。」相信我，那只是客套話，前男友又不是全國電子送終身保固還到府服務這樣。

當然有些交情比較好的偶爾聯絡一下無妨，我跟我的第一任男友就偶有聯絡，或是會在MSN上做一個無主題式的互敲，在知道他有新女友後我就盡量不做這件事了。將心比心，誰都不希望自己的另一半還跟前情人有密切往來吧。

——我要開始講李叉叉了，李先的粉絲快快放下手邊的事情、鎖定本頻道——

跟李某剛交往之初（吾友老頭聽到這個字眼就會反射性的大喊肛交，真是幼稚精），他的前女友也會常常打電話給他，內容大多數是心情不好壓力大等等等。我在旁邊聽了常常想縮「小姐～妳壓力大我壓力也不小，妳醬打來我壓力更大了啊啊啊」，幸好他是個好孩子，前女友打來都非常冷淡，不得不說在這方面李先真是個好人，是十大傑出戀愛青年來著。

那時還覺得這個女人很奇怪，有什麼事非找我男人幫忙不可，有問題去問朋友問家人或問奇摩知識就好了啊。後來（在和他分手後）我才知道，原來該男無法忍受生命中有

VOCABULARY

勾勾迪〔Gou Gou Di〕
糾纏，台語發音。
例句：腰內肉總是跟我勾勾迪。

縮〔Suo〕
「說」的變音。
例句：你縮你縮，
你給我縮清楚啊～
（搖晃肩膀）

太長的空窗期，他在痛苦的結束十年戀情後，才過完一個頭七就來把我了（當然跟甩我隔天就去睡女上師比起來，一個禮拜算長的了），時間這麼短，難怪……

但我想說的不是他很糟，世上都有人殺人放火搶銀行了，只是兩段戀情離得很近根本不算什麼。換個方向想，身為女人想到前女友都會頭皮發麻，所以我們也不要去當討人厭的前女友才對啊。

解決問題的方法很多，找前男友是最爛的一個，甚至有人還會騷擾前男友身邊的親朋好友。相信我，做到這步田地本來同情妳的都會覺得妳是個瘋的。

最近常聽到一些女生會找前男友麻煩的故事。以前我常覺得自己算是地獄來的前女友了，結果跟她們比起來我根本不算什麼，充其量敵人只是在自己的日記裡說說前男友閒話而已。

經濟不景氣公司不加薪，大家已經活得不怎麼快樂了，我們就不要再去打擾別人的生活課以嗎？真的受不了想講話，去找朋友去找張老師去玩奇摩交友都好，不然來我部落格找人講講垃圾話也行（有駐版垃圾專員天天為您服務），別再試圖在前男友身上找慰藉了。

前男（女）友不是終身保固商品，饒過他們吧～

分手後注意事項

昨天和兩名女性朋友去逛賣場，我們因為小有打扮，所以都很渴望遇到前男友，讓他們見識一下我們美豔的一面；順利的話，午夜夢迴心中還會產生後悔跟我們分開的情緒。這樣一來，我們心中就會湧出被《壹週刊》打上勝勝勝的無比驕傲感。

實不相瞞，每逢初一十五本人都會對著鏡子演練一次「路上巧遇前男友」的橋段，一定要很<u>腰擺</u>的跟他打招呼，然後從頭到腳打量他身邊的人，用下巴指著她說：「她就是叉叉叉啊？」之後掩嘴噗嗤笑出聲來瀟灑的走掉。又因為剛分手時腰變得很細，所以要往反方向走，邊走邊扭讓他們看看老娘的腰，以取得最後的勝利！但這很不合理，因為我又走回原來的方向了，本人一直有在思考如何突破這個困境。不過現在想想，這個復仇還挺柔弱的⋯⋯

為了漂亮的完成這個任務，分手後我只要出遠門都會盡量打扮，維持一個備戰狀態。不過，造化特別愛捉弄我，莫非定律不是假的。

分手後第一次遇到他，我穿著買菜服及夾腳拖鞋在家附近閒晃，而且當時沒穿胸罩，從側面看小腹高過奶，邋遢的程度到了就算當時我頭髮中跑出蟑螂大家也不會意外。這還不是最糟的，當時我剛從內湖區最臭的一家臭豆腐店走粗乃，在裡面待五分鐘整個人很像被醃過、渾身充滿腐爛味，垃圾車經過都要小心才不會被收走。

醬的狀態下遇到前任情人應該當場咬舌自盡才對，但我為了看他慌亂的表情，硬是去跟他打招呼，回家後想到他驚嚇的表現心中真是暗爽不已。結果，一照鏡子，才發現我才是真真正正的大輸家！

唉，人生海海～宅女小紅貼心的提醒您：莫非定律不能忘，出門一定要打扮啊啊啊！

VOCABULARY

腰擺〔Yao Bai〕
招搖、囂張，台語發音。
例句：身材好的話，
真想每天穿熱褲腰擺逛大街啊～

→

人無聊到一個境界，
就會幹這種無聊事⋯⋯

(前男友)媽媽的味道

本人目前交過兩個男朋友,這兩位先生的共同點是他們的媽媽都不太會做菜(所以他們都比我瘦……暗)。我必須說兩位媽媽人都很好,我們也相處愉快,菜做不好的原因可能跟她們都是職業婦女有關,跟我娘那種每天閒閒在家看《冰冰好料理》的太太領域不同。

前前男人的媽,做菜算是中規中矩只欠好吃。我第一次去他家做客時,為了當個小甜心,決定找道菜來稱讚一下。但本人講話一向實在,違心之論會卡在喉嚨裡吐不出來,所以在一大桌子菜裡硬是挑了一個還算可口的說:「伯母好會做菜呀～這道真有職業水準。」結果,那玩意兒真的是他們昨天去餐廳吃剩打包回來的!當下我有種出師未捷身先死的感嘆,很想流浪到淡水,消失在餐桌上。

前男人的媽就比較有創意,熱愛在餐桌上走一個混搭的路線。我自己吃過紅燒牛肉和雞湯合體而成的牛雞湯(這鍋東西情緒很複雜,當湯喝太鹹、當菜吃又頗淡)/糖炒地瓜葉/生紅椒佐梅子粉(「佐」字一下聽起來就很有異國料理的FEEL)/貢丸炒甜不辣;聽說還有高麗菜炒白菜/鳳梨煮湯圓/芋圓炒高麗菜等等意外的組合,總之族繁不及備載,繁到有時忍不住覺得伯母真是淘氣的緊。

還有,美食節目不是常說:這菜因為叉叉加了個圈圈,可以把海鮮的鮮味逼出來等等。有一次我吃到一鍋炒麵不知加了什麼,把麵粉味整個逼出乃,吃起來十分神祕,讓我情不自禁又吃了半碗,認真研究很普通的料是如何把麵粉味發揮得這麼淋漓盡致……

最後我一定要再三強調,兩位李媽媽,妳們對我真的很好,出國玩還會買禮物送我,也謝謝妳們對我的照顧。只是,妳們的兒子最後都忍不住甩了我,(天哪,我到底出了什麼問題?!)所以……這篇算是子債母償吧!

VOCABULARY

暗〔An〕
「幹」的變音,低調的髒話。
例句:說幹會被消音,
所以要說暗!

緊〔Jin〕
非常。
例句:緊也要造句,
真是無聊得緊……(煙)

敗犬靈魂深處的獨白

BAI CYUAN LING HUN SHEN CHU DE DU BAI

女性安全約會守則

有天我一個人在家打掃，掃完突然一陣空虛，看著窗外<u>強要</u>流下淚來。（拍謝，剛分手的人都是醬的，再加上我男人是為了一個〔老〕第三者甩了我啊……）想要騎車出去晃晃卻有點下雨，正在惆悵的<u>時陣</u>，有通電話打來約我出去走走，難道這就是傳說中的約會？！

我知道「隨便約一約→馬上答應→半小時後集合」很沒面子，明確表示當事人的行情極差無比、假日沒事在家抓蒼蠅，但我想反正我對那人一點意思也沒丟個臉無妨，打發時間約個會總比在家詛咒李叉叉健康得多，在以大局著想的前提下，我放棄了女性的尊嚴十五分鐘後快速變裝就出門惹。

一路上有一搭沒一搭的聊著，話不投機還真是讓我久違的睡意有點上身，不投機的約會能改善我失戀性的失眠症頭，真是意外的收穫。難得能去郊外走走也讓我心情大好，不然通常假日最遠只會走到美而美，一整天下來只說出「火腿蛋和大熱奶」七個字也是很稀微。

聊著聊著，他突然縮很喜歡女生的腳趾頭，覺得那個地方性感極了。我不以為意的跟他說本人腳很醜像男生等等等，然後<u>不啦不啦</u>繼續聊著，過一會兒他突然正色的跟我縮：「我其實會畫油畫的，改天有榮幸畫妳的腳嗎？」

干干干干干干干！！！！！！

我心裡不知罵了幾個幹字感覺自己的腳趾頭正在醞釀要咬舌自盡惹，我安撫了一下它們後溫和的假笑說：「你這人會不會太冒昧了點？」其實很想抄起手邊的任何硬物用力敲他腦門再餵他吃磚頭，然後回家開大水沖澡（老派電影裡被強暴的女生都會醬），要不是在荒山野嶺否則一定馬上呼叫<u>五五六八八</u>走人。馬的老娘約會運真差，好在我聰明的約在巷口沒約家門口，呼～

VOCABULARY

強要〔Ciang Yao〕
即將、快要，台語發音。
例句：常常吃到強要吐出來，
人會胖不是沒有原因的啊啊啊～

時陣〔Shih Jhen〕
時刻、時候，台語發音。
例句：開會的時陣，
總是很想睡覺。

不啦不啦〔Bu La Bu La〕
「BLABLA」的音譯，
諸如此類、等等。
例句：不啦不啦我偏不啦……
（嫌爛的自己來造一個啊，
很難造的）

五五六八八
〔Wu Wu Liou Ba Ba〕
台灣大車隊叫車號碼。

→

洗澡洗到一半沒瓦斯，
常使獨居女子淚滿襟啊
（含淚望向遠方）

宅女小紅の胯下界日記

為了怕大家在約會中遇到什麼不測，本人精心整理了四個好女孩兒約會守則，請大家大聲的跟我朗誦一遍：

【約會守則第一條】
千萬不要不要不要約在荒山野嶺，不然又要套句員外說的：妳叫破喉嚨都不會有人來救妳啊啊啊。

【約會守則第二條】
要讓對方覺得妳家方位撲朔迷離更勝蘭若寺，切記不可約在家門口。

【約會守則第三條】
腳趾頭要包好，不要讓對方有機會在桌子底下對著它們打手*。

【約會守則第四條】
如果對對方有意思的話，可以忘記前三條。

以上約會守則好女孩兒們可以謄寫下來護貝放在皮包裡，不然剪成適當大小貼在悠遊卡背面也不賴。（我會不會管太多？）如果跟我一樣不幸遇到變態的話，磨利妳的牙做好咬舌自盡的準備，要不就學《色‧戒》裡的麥太太，在衣領裡縫顆藥也是相當拉風的選擇唷。

MR.泡泡與MR.鼻毛

今天在公車上看到一個女生嘴角冒了一抹泡,我無法克制自己的眼神飄向她嘴角,然後情不自禁的吸自己的嘴角試圖保持乾爽。我覺得我腦裡有被植入「嘴泡」和「鼻毛」晶片,只要看到那兩種現象就會<u>受不鳥</u>的盯著瞧。

從前從前,敝人有跟一位MR.泡泡約過會,約會中間都不知他說了什麼,只能中邪似的看著他嘴角邊的泡泡,然後會反射性的一直拿衛生紙擦拭自己嘴角,彷彿嘴泡是種傳染病我也開始冒泡惹,整個人陷入焦慮不安之中。

MR.泡泡很神奇,邊講話嘴角泡會一邊湧出,湧著湧著可能又會被自體吸收,所以不會多到流下來,一直潮起潮落的有種超現實的迷幻感。現在想想,醬的冒泡法可能是螃蟹投胎吧。他沒在講話時,嘴泡就卡在那兒,靜靜的嘲弄本人失敗的約會。即便如此我還是跟他出去過好幾次,奇怪怎麼沒人來頒造橋鋪路大善人的匾額給我。

至於鼻毛,我想大部分男生可能都很發達,所以我現在對它看得比較開了。前男友三不五時會噴鼻毛出來,我還蠻常幫他修的,可以縮是骯髒版的畫眉之樂。而前前男友的鼻毛頗旺盛,有時還會像長藤掛銅鈴一樣,掛了個鼻屎在風中叮叮噹噹,這我就比較難接受。但他厲害之處在於可以出門時把毛收好在鼻孔中,回家後再讓它們出來放放風,收放自如超帥的,所以對他永遠在過豐年祭的鼻毛我也就不忍苛責惹。

突然想起朋友的朋友的朋友,聽說也是一枚泡泡先生,妙的是名字剛好叫拓毅,真是人如其名取得好取得好啊～

VOCABULARY

受不鳥〔Shou Bu Niao〕
「受不了」的變音。
例句:連這個也要造句,
我受不鳥惹～～～～(抓頭)

敗犬靈魂深處的獨白　　　　　　　45

追憶逝水年華

前幾天看了一部懷念老片《刺激一九九五》。十幾年前大紅的片子我竟然沒看過，被朋友恥笑了一下。現在想想，因為十幾年前本人長相很欠殺不男不女有小動力火車美譽，個性陰沉不善交際朋友很少更不可能有人追，沒看過電影也是很自然的事啊。

十幾年前青春少女時期（硬要說是少男也可以，在下我是這幾年來才從男變女的），我真的錯過很多事情，既沒有參加校園聯誼、晚上也沒有出去玩樂鬼混、連社團也沒怎麼參加過一個、很紅很紅的電影幾乎都沒看過。

寫到這，諸君一定以為我很用功是個專心在課業上的好孩子吧。

錯！我上課也沒專心過。一天八堂課我可以睡超過六堂，也不知當時睡意怎麼可以那麼濃我到底在累個什麼勁兒，反正一上課就趴著陷入深深的睡眠。應該只有體育老師看過我的臉，凡是在教室上課的老師都只看過我頭頂不太認得我長相。所以，本人現在一事無成，連男友都把我甩了，電視機前的小朋友請千萬不要學。（又沒玩到也沒做到學問，我到底都在幹嘛咧，真是一個世紀大謎團啊。）

那時候好像有個打工認識的大姊接看不慣我貧瘠的私生活，就介紹了一個她的男性朋友給我，並且強迫該男約我吃飯看電影。

我還記得我們在現在應該已經沒有的西門町木吉他吃飯。原來民歌西餐廳比海產攤吵上一百倍，講話都要用喊的還不一定聽得到，在一點都不適合談心的地方約會實在促咪。

電影是哪部我也不記得了，不過那位男性嘴唇正中央有一顆豪～大的痣深深烙印在我心中，痣不但大而且還3D，跑百米時極有可能因為那顆痣先馳得點那種立體法。不知

VOCABULARY

豪〔Hao〕
「好」的變音。
例句：我的卡稱豪～大啊！

為何，我對它很忌諱，而且始終懷疑上面有長毛，出門約會前才被拔掉。

敝人在下我沒什麼過人之處，唯一的長項就是眼睛餘光看很遠，所以即便我們並排看電影，戲院黑鴉鴉的，我的鷹眼還是能在黑暗中搜尋到那顆痣然後一直盯著它。總之那天不管吃飯看戲聊天散步我都緊盯著他上唇的大痣，後來當然沒有下文了。

不過，想到這件事我突然很想跟他道歉，當年被長得像動力火車的女人拒絕，對往後的人生一定有影響，可能還因此吸毒又加入幫派了吧……

嘴上有痣男，如果你看到這篇文章還記得我的話，可以來約我一下。年過三十後，男人臉上有什麼我都不介意了啊啊啊～

醜男殺手回憶錄

最近有好友指控我專門吸引變態，針對這件事我想發個新聞稿反駁一下——其實敝人在下我麾下真正多的是醜男不是變態，跟我熟的人都知我是醜男殺手，專跟大家看了會偷偷皺眉的男性約會。一來是因為本人審美觀本來就不太高，從我小時候認為張學友是四大天王裡最帥的可見一斑；再者我一直自認為注重的是內涵，對外表這種勞什子一點也不介意。因為打從心底秉持這個信念，自然時刻散發出吸引醜男的磁場。

其實長相不佳無所謂，不過不好看個性又怪就很要不得。記得小時候朋友介紹我認識一位先生，他每次跟我出來都著緊身褲，而且腰線很高屁股處特緊，褲子一路繃到小腿那收緊，褲管不長站直時都碰不到鞋子。一開始我只覺得對方休誇怪怪但又縮不粗哪裡怪，直到有一次我走在他後面突然有種被雷打到腦袋豁然開朗的感節，沒錯～他穿的是棒球褲!!（驚）

棒球褲先生很妙，每次出停車場都對不準停車票口，十次有十次要打開車門下車插卡。並且他酷愛手拿包（中年業務熱愛款，夾在腋下那種），我猜他有個衣帽間堆滿了各色手拿包，因為我無法不逼視那玩意兒，所以有注意到他常換新的。約會時他總是靜靜的開車靜靜的走路靜靜的夾著手拿包，話很少很少，不管我隨便說什麼他都能笑得花枝亂顫。現在想想他笑點還真低而且我們真的話不投機，不過我好像還跟他約過不少次，諾貝爾隨和獎不給我要給隨？

我跟棒先生一直有一搭沒一搭的出門，直到某次跟他去吃把費，看到他把一塊蛋糕堆在義大利麵上，才開始覺得我們應該是平行線，慢慢淡出了跟他的約會。

之後遇到嘴角會一直冒泡泡的嘴泡男，長相糟到朋友逼我

VOCABULARY

勞什子〔Lao She Zih〕
原指惹人討厭的東西，
此處無貶意。
例句：弄這些勞什子造句，
我白髮都長出來了……

隨〔Suei〕
「誰」的變音。
例句：隨偷走我的腰，
快把它還給我！！

把費〔Ba Fei〕
「BUFFET」的音譯，自助餐。
例句：吃把費感覺很胖。

不要再跟他約會惹，不然我們結婚他們也不會包紅包的。
說真的，對方長相的問題我也不是沒注意到，約會時我都
不敢深深的看著他的臉，怕眼淚會不爭氣的流粗乃。可恨
的是某次約會回家，他還敲我說我今天好漂亮他都不敢看
我的臉，踏馬的我又何嘗敢看你呢老兄～

另外還有一位先生長相不算太醜，嚴格說起來好像是本人
第一次開始約會的對象。

這位普通醜先生身高應該只有一五〇，跟我出來時為了怕
我高他太多路人會以為他是＊董我是出來賣的（因為他老
我十歲，很難像母子或姊弟），每次跟我約會他都會細心
的穿上高跟鞋。本人第一次注意到他的鞋跟時，灰常擔心
萬一不小心有天我們關係更進一步時，會看到他裡面穿吊
帶襪和粉紅蕾溼小內褲，想到我頭皮都麻了，想來根菸冷
靜一下。

至於有進行交往的對象，李叉叉我就不說惹（其實我也不
覺得他難看啦，真的，跟上面幾個比起來算文藝花美男
了）。初戀男友因為人真的很好而且有在看我的文章，本
人也不方便說什麼，只能稍微透露他最討厭人家說他長得
像宋少卿⋯⋯

綜合以上，我終於明白為什麼只要看到長相稍微正常的男
性就覺得對方真是好對象可以嫁一嫁惹，因為我真的沒有
遇過正常人啊（兩手一攤）～

VOCABULARY

蕾溼〔Lei Shih〕
「蕾絲」的變音。
例句：穿蕾溼內褲
毛都會刺出來，太害羞惹～～

情人節呷賽

「今天聽到對面的會計小姐咬耳朵，才知道她也在跟我差不多的時間失戀了，難怪最近燙了頭毛戴隱形眼鏡還愛穿短裙整個人風騷起來。聽說她前男友寫信想挽回，她豪氣的縮那五佳尼吼康ㄟ歹擠，然後喜孜孜的說她最近桃花不知有多旺。馬的，我看她擺明在跟我下戰帖！我不呷意輸的感節，哼，有種下禮拜來比，老娘要發功惹～」

以上是我剛失戀時寫的日記，原來可愛的會計小姐曾經是我的假想敵。彼當時因為求勝心切，真的有認真的發了一下功，不過還是失敗惹，聽說沒幾個月她就交到男友，本人徹頭徹尾的輸了啊。

情人節前幾天，一早我又聽見她在跟人咬耳朵，大意是她男友想過情人節，可她覺得哪都人擠人吃飯又貴算了吧。干，我如果頭不往上仰著眼淚一定會流下乃，在下就是傳說中的敗犬敗犬啊～

說到情人節，我覺得這個節日非常肉慾，應該要立法禁止情人過節，不然一陣中出過後，隔年的五六月份會生出一堆孩子，經濟這麼不景氣怎麼養得起！（對不起我失態惹……）MOTEL外大排長龍，空氣中充滿濃濃的性交氛圍，平均三對情侶就有一對女生捧著一大束花，搭配著他們笑淫淫的表情。馬的真是越想越孫氣，拎北要去把他們殺光！（對不起我又失態惹……）

之前聽朋友說過，汐止的薇星MOTEL人多到要抽號碼牌，牆上有像銀行那種叫號的機器，情侶們坐在交誼廳，叫到自己後就手拉手進去那個，真是太敗德了啊！（怒火中燒捏碎手中玻璃杯）

情人節當天不意外的公司人比較少，還有人上班到四五點就請假走人，趕時間去交配吧。看來除了老娘大家都很有搞頭，去去去，大家都去性交去性交好了啊！我呸！

VOCABULARY

那五佳尼吼康ㄟ歹擠
〔Na Wu Jia Ni
Hou Kang E Dai Ji〕
哪有這麼好的事情，台語發音。
例句：什麼！
買書送一條小內褲！
那五佳尼吼康ㄟ歹擠啊～～

中出〔Jhong Chu〕
日文漢字
「中」是指女生的叉處，
「出」是射出來的意思。
例句：連中出都要造句，
真是羞死人了～～

孫氣〔Sun Ci〕
「生氣」的變音。
例句：太常孫氣會變老喔～

→

獨居懶人料理之──煎個蛋吧

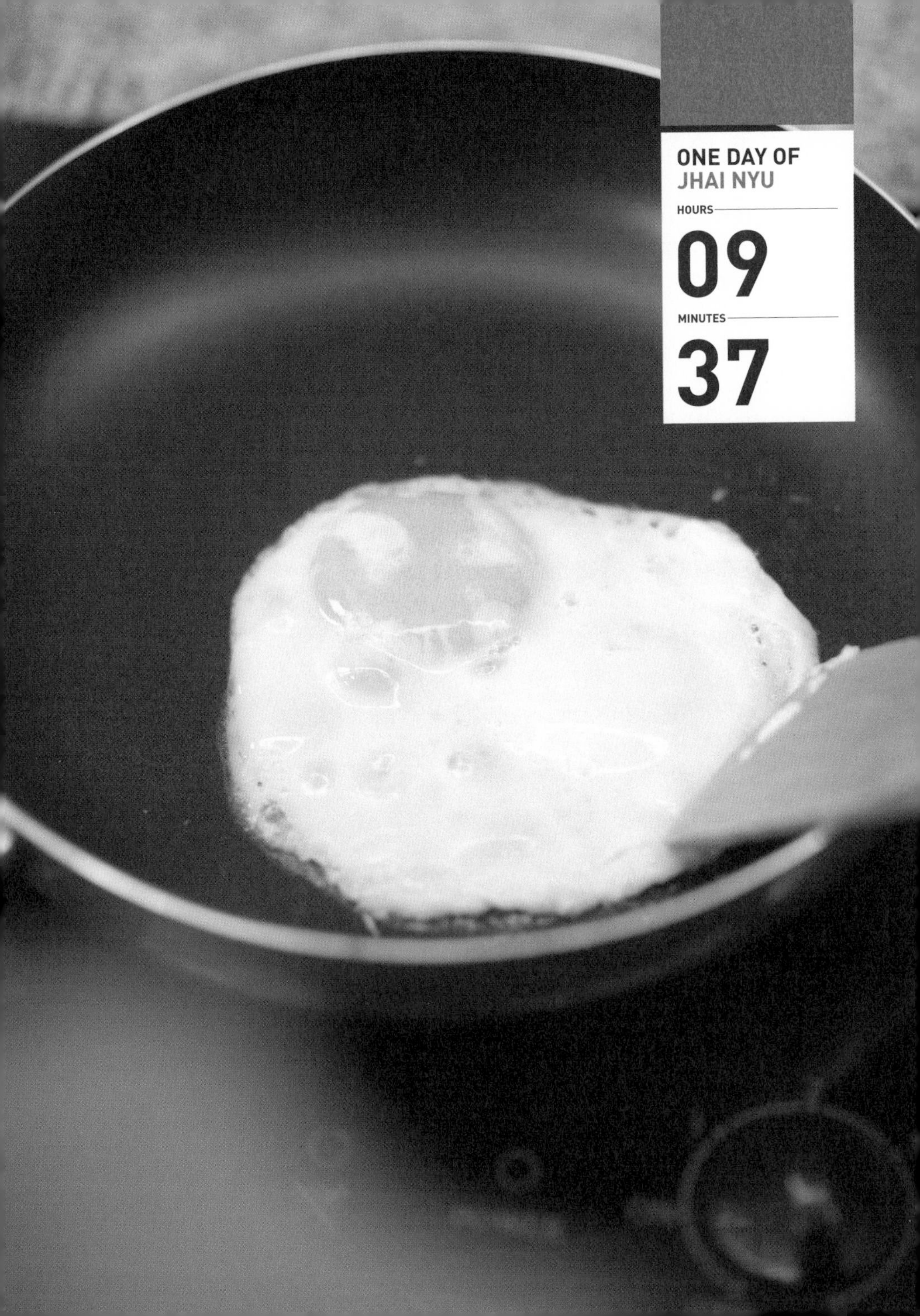

ONE DAY OF
JHAI NYU

HOURS
09

MINUTES
37

閃開，讓專業的來！

我家住在一個挺荒涼的地方，就算白天都嫌冷清、半夜一個人站在路邊很有可能被殺然後三天後才被發現，就連公車亭也是前不著村後不著店，一個人等久了背後會慢慢涼起來那種。

昨天早上等公車上班時，公車怠工讓我痴痴的等了很久，等著等著旁邊一個小姐突然壓低聲音問我：「妳有沒有看到剛剛那個男的？」然後指了指遠處一個胖胖的背影。我回答沒有，她又問我是不是常在這等車，以後等車時要小心那個傢伙什麼的，因為他好像是偷拍狂！！

原來那位小姐等公車等著等著，覺得腳踝處被碰了一下，回頭想看看怎麼回事時，看到那個胖男人匆匆走掉，手上還拿了台疑似相機的東西，登時她覺得自己彷彿被偷拍惹，這個荒山野嶺有偷拍狂出沒，好心的警告我以後等車要小心。

我表面上跟她一起痛罵偷拍人無恥下流猥瑣到了極點，但內心深處一直覺得小小的不對勁兒，因為我覺得自己好像被猥瑣的人瞧不起惹。論外表，對方是個不折不扣的中年女子，還是那種了小孩後二度就業的婦女哦，而敝人在下我是看起來端莊中不失俏麗的中年OL；論服裝，她穿長度直逼腳踝的牛仔A字裙，想偷拍一定得彎下腰來休誇辛苦，而且因為裙子太長，就算拍到裡面應該是一片黑媽媽，想拍分明一定要開閃光才行，而本人穿的是及膝蓬蓬裙，加上高跟鞋世界高，拍我連腰都不用彎超輕鬆的，就算敝人卡稱很海看到虧到，我收藏得這麼好偷拍狂也沒有理由花現才是。

這場戰力分析怎麼看我都是勝勝勝勝勝，更別提老娘昨天穿的還是維多利亞祕密的乃口，這小小一塊布可素從亞美利堅坐飛機來的柳。（對不起我說謊，我內褲用的布還挺

VOCABULARY

黑媽媽〔Hei Ma Ma〕
黑漆漆，台語發音。
例句：天色很黑，
媽媽叫我趕快回家。

海〔Hai〕
很大、很猛。
例句：人生海海，愛字意柳～

花現〔Hua Sian〕
「發現」的變音。
例句：我的十八一朵花
現在已經枯萎惹。

多的，應該夠蔡依林做一件小外套惹……）

而且，重點來了，老子可是專欄作家專欄作家耶～跟吳淡如同行的柳，拍到我說多拉風有多拉風，肯定會招來同儕欣羨眼光的啊！

總而言之這位偷拍狂實在是太沒品惹，連二選一都會選錯邊，偷拍底褲同業工會應該要把他除名才是。有機會的話很想用食指狂戳偷拍胖子的太陽穴，戳到他腦漿噴出來再呼他巴掌後用力搖晃他肩膀，告訴他父母苦心栽培可不是讓他醬有勇無謀不用大腦做事的。以後最好賣吼拎北肚丟，不然見一次打一次，干！

賣吼拎北肚丟
〔Mai Hou Ling Bei Du Diou〕
不要讓我遇到，台語發音。
例句：金針菇最好
賣吼拎北肚丟，
不然全部吃光光！

敗犬靈魂深處的獨白

53

逼哀的「詩與玫瑰」聯誼活動

一一二二是奇摩交友的全國單身日，好像有什麼叉圈活動之類的。報上說因為報名人數眾多又有限額，遠從南部上來的女性進不去，急到在會場門口哭喊：「我只不過想結婚，有那麼難嗎？」真是太好笑了！（但不免暗自擔心若干年後我也變其中一員，暗自傷心了起來～）那天江姊剛好經過會場，看見人爆多，竟然摳我叫我馬上請假去參加，暗！看來本人已跟孤單女子劃上等號，有什麼聯誼活動大家都會想到我就是了。

說到聯誼，本人是登記在案的聯誼常敗軍，因為從來沒有人事後跟我聯絡。一點也沒客氣，是真的沒有，實在不知道自己是哪裡出了問題。

幾年前參加了一個據說是高級俱樂部辦的「詩與玫瑰」聯誼活動，女生要帶詩，男生帶玫瑰，大家唸出詩後，男生要把玫瑰送給心儀的女性。因為是朋友的朋友辦的，硬叫我去湊人數還不收錢，我就偷了一首老頭的假掰文章當詩去了。請帖上有註明要著正式禮服，哇拷那樣子一定很大囉，我立馬幻想裡面有很多富商衣香鬢影這樣。

萬萬沒想到（盛竹如口吻），到了會場看到那些阿伯我簡直快要漏尿了（那時我也年輕多了，要是現在就不敢笑人家老了……）。還有梳著瞞天過海頭（簡稱條碼頭）的老伯試圖跟我搭訕，當下很想把我的名片都吃了免得不小心流出去，並建議他們去看越南情緣找老婆比較好啊。可怕的還在後頭，活動開始後，主持人竟然帶頭跳團康舞，此時我的白眼珠和黑眼珠比例是五比一，但是現場的西裝阿伯們不知為何都嗨了起來聞雞起舞，我和朋友嚇到只能專注的吃東西然後找空檔偷偷溜走。這種讓人想到就摳冷筍的回憶，在我恢復單身後又浮上心頭，真是很不酥湖不酥湖呀～

VOCABULARY

立馬〔Li Ma〕
「立刻馬上」的縮寫。
例句：想到版稅，
我立馬振作起精神繼續造句。

摳冷筍〔Jiao Leng Sun〕
生理反應，身體不自覺突然
抖一下，台語發音。
例句：男生小便時都會摳冷筍。

→

堆了一個禮拜的衣服，
趁假日洗一下吧
（對不起我說謊，
其實堆兩週惹……羞）

孤男寡女在家看片─待會要＊＊？

上禮拜跟朋友不知怎的聊到某部電影，說時遲那時快，十分鐘後我們就出現在百事達了。沒想到，百事達竟然沒進該片，古有云既來之則租之，我們就四處晃晃參考了一下片架。

我趁四下無人之際拿起一片看起來有夠爛的B級片《脫衣舞孃大屍殺》偷偷研究起來（本人熱愛任何很爛又沒質感的東西又很怕別人知道），這個時陣友人冷不防的從我後方冒粗乃縮：「看起來好像不錯，租來看租來看啊～」還把手上本來打算租的候選人放回去這樣，然後我們就失心瘋發作的把它帶回家了。

把DVD放進PLAYER的十分鐘後我就後悔惹，光是嘴型和聲音配不上，這點就讓我超級無敵怒。在這個連海底總動員的魚都會對嘴的時代，人類對不上嘴真是太不應該了啊！

看了看殼子上的簡介：脫衣舞孃大戰瘋狂殭屍，笑料百出！殺到血肉模糊、笑到口乾舌燥，絕對不能錯過！我覺得它是個騙子，應該要下拔舌地獄，好不好笑是個人觀點我不予置評，但並不血肉模糊是有目共睹的。也許B級片比較不用心，連血漿也不太紅，有些大噴血場面整個很清爽；讓一些普通人掰咖走路，再在臉上塗一些不紅的血漿就謊稱他們是殭屍也太沒說服力吧。總之，這是一部讓本人很無言的片子，多希望人生中沒有發生那八十二分鐘啊……

星期一是歸還日，我只好把它帶去上班，回家順便還。這麼爛的片子還要三天還，如果百事達本身有太陽穴的話，老子一定要戳到它腦漿噴發。

在公車上我看到包包裡時不時的露出這部爛片，領悟到今天一定要珍惜生命，要是在路上不小心發生什麼意外，被

VOCABULARY

掰咖〔Bai Ka〕
跛腳，台語發音。
例句：腳皮磨太深，
走路會痛變掰咖。

人看見外表正常的OL在看《脫衣舞孃大屍殺》還要做人還要做人嗎？還有，希望在百事達的案底能半年刪除一次，免得有天我們因為什麼事被FBI盯上（我承認這機率極小），被查身家時探員發現敵人租過《脫衣舞孃大屍殺》心裡肯定不正常晶片八成是我偷的！（到底是什麼晶片？）幸好這片不是用我的卡租的，不然人生的白紙上就有一個大黑點了啊啊啊～～

文末，有件事我想問問大家怎麼想：你認為「孤男寡女在家看片＝待會要＊＊」嗎？好友老頭信誓旦旦的縮，大家都是醬的。他從來沒有跟異性一起看DVD有（把片子）從頭看到尾過，該名異性倒是可能有被他從頭看到尾，身體比較虛的恐怕還被內診惹……

通常開演十分鐘後，他心就不在電影上（我研判在約好要看片的摸們他的心就在什麼奇怪的幻想世界裡馳騁了）。我想可能是老一輩的人因為年輕時住家裡，那時MOTEL又不像現在發達，只好趁著去MTV看片的機會順便玩叔叔幫妳檢查身體的遊戲，久了就把看片跟＊＊畫上等號這樣。請問大家認同嗎？請作答～（擺手）

情侶鬼見愁雙人組

昨天看了電影《鋼鐵人》，其實還不賴縮～上了一天班去看電影還沒打盹兒，足以證明是部佳片！（本人看《三百壯士》/《魔戒》前兩集/《變形金鋼》都小睡了片刻）

看完電影後，我和友人在美麗華外看路人，發現有幾對敗壞社會風氣的情侶在花台邊卿卿我我，有的女生坐在男生腿上，有的男生一直摸女友背，手還伸到衣服裡！夭壽哦～還真是道德淪喪，我猜他們不知道一個耳朵旁邊加一個心的恥字怎麼寫。話說當年敝人也做過這等<u>美見小</u>的事情，想到人家都在做老娘沒得做就想把他們統統抓去浸豬籠，真是太生氣太生氣惹啊！

之前有一次和江姊、老頭去吃薑母鴨，吃完在路旁車上看到一對情侶沒關窗在<u>喇及</u>，但他們頭都不轉一下、嘴好像也沒在動，看起來非常不激情。我們從遠遠看見直到經過車旁再到回自己車上，他們都維持原狀一動也不動的喇著及！念在他們很可能是被高手點穴才不得已的在路邊喇，不然我和江姊兩個空窗期加起來比萬里長城還要長的女人，早就撲上去用手刀把他們劈開來了啊，我們沒人愛的情侶鬼見愁雙人組可不是浪得虛名的！

還有還有，情侶裝基本上也是資本主義社會下的可恨產物，兩個人穿得一模一樣幹什麼？光天化日之下做出這麼敗壞社會風氣的事真是太下流惹。愛成醬怎麼不去開房間？還是根本就剛從<u>砲館</u>出來，開車時太迫不及待就用方向盤<u>嚕</u>起後腦勺來。

身為一個心中沒有L·O·V·E的女性，老娘最恨的就是有人在路邊卿卿我我或是給我穿情侶裝，深怕人家不知道他們是一對。我一直覺得穿情侶裝很丟臉，仔細分析箇中原因後才發現，因為我是個可恥的胖子！回想以前年輕不懂事時，我好像也擁有過情侶裝（在此強調：是因為對方

VOCABULARY

美見小〔Mei Jian Siao〕
不要臉，台語發音。
例句：在書店翻完不買
很美見小耶，
拜託把這本買回家吧～

喇及〔La Ji〕
接吻（特指舌吻），台語發音。
例句：老師說喇及會生小孩哦～

砲館〔Pao Guan〕
此處由於作者怨念太深，
故意將旅館說成砲館。
例句：瞎米？你說我怨念深！！
老子不造了！（甩門）

嚕〔Lu〕
推、滑也，台語發音。
例句：有一首歌叫倒退嚕，
黃克林主唱。

想要，而我耳根軟就穿惹）。兩個成年人穿一樣走在路上已經夠丟臉惹，更差的是我還比他胖！！兩人穿一樣更顯得我大一號。

不過，回顧我的戀愛史好像都跟紙片人交往。這位逼我穿情侶裝的男友是巴掌臉死瘦子一枚，夏天一到胃口還會變差，一個不小心體重就比我輕。現已去尬（老）女上師的李叉叉整個人也很細緻，腿應該只有我的一半粗，颱風來襲時我都懷疑他腿會被吹斷啊。

回到美麗華上（跳一下）。

之後我們陸續看到一些帶著專業相機包的男士在幫女友照相，是不是現在沉迷於攝影的男生變多了，怎麼好像常看到路邊有裝備齊全的素人在幫馬子拍照。拍照就算了還搞很大，感覺女生都笑僵惹，攝影師還是不肯停歇拍個沒完。個人覺得在路旁做這種事是個險招，因為路人第一反應一定是看女生漂不漂亮，不漂亮又一直換姿勢肯定會招來一頓罵。再者在陌生人面前一直假笑也很害羞，我都替她臉紅了。各位攝影宅男們～放過你的馬子吧，醬真的很害羞柳～～

【補充】我被照相都會很不自在，除了在食物面前會發自內心的笑出來，其他時候不是怪表情就是怪動作。奇怪了，我本身也是正經人家的小孩，難道是生了什麼病⋯⋯

VOCABULARY

尬〔Ga〕
交往，帶有貶意，台語發音。
例句：尬是指睡或性交的意思，但不一定有交往哦～（髒髒）

小鍾麗緹聯誼記

之前參加了一場聯誼活動，其實敝人對聯誼這檔子事兒一向不抱什麼期望，因為事後從不曾有人跟我聯絡，自尊心大大受創很容易產生自我否定的情緒。不過，那場因為臨時少一個女生，本人就以救火隊的身份報名了久違的聯誼。結果，事前就聽說有個正妹，我真他馬的太背惹，好不容易決定復出聯誼圈，第一次就遇到美女，我們這種要拿什麼跟人比。

說到這，想到一個有點衰的往事。

想當年有很多人說我長得像鍾麗緹，第一個人醬說時我沒放心上，但陸續有兩三個人都醬說，我耳根這麼軟當然就被催眠惹，開始逼親朋好友承認我像。（不過，溫蒂姊的回覆是：不管是一個還是兩個，就算整連的弟兄都縮妳像，妳不像就是不像！）就在我不知恥的以小鍾麗緹的身份生活了一個禮拜之後，公司來了個新員工，媽咧，她跟鍾麗緹長得真的有夠像！

這種事不常見，但就是被倒楣的我遇上了。隱約記得吾友老頭笑了我很久，我的鍾麗緹在台協會會長生涯也被迫中斷了。說到這發現我好像離題惹。說到那次聯誼啊（話峰一轉），席間談了些什麼無聊到我怎麼也想不起來，極度懷疑那兩個多小時可能被外星人抓去做實驗了吧。我只記得有個男的被大家公認是個幽默鬼，事後證明那群男人都是說謊精，很想用拶指夾他們手指以示懲戒。老娘最恨自認搞笑的男人了，跟我自比鍾麗緹有什麼兩樣！何況我是真的休誇像啊！！（怎麼話題又回來惹……）

本人一邊強顏歡笑一邊注意到隔壁有美人那桌笑得好開懷，好想知道他們都在談什麼，我也想要去笑一下。事後問那個小美人，小美人翻著白眼縮男人在聊當兵，她假笑得臉都酸惹。

VOCABULARY

拶指〔Zan Jhih〕
古時候的酷刑，
以五根小木條夾住犯人手指，
使痛而招供。

天哪，男性在約會前都應該對著天空吶喊今天不要談當兵
不要談當兵不要談當兵才對，除非真的很有趣，不然女性
對這個話題是不會感興趣的。早知道我就去那桌聊經痛跟
他抬槓。

這個事後回想起來有點悵然的聚會終於在十點多結束，雖
然我不認為有任何火花產生，但我很害怕沒人想跟我聯
絡（這是面子問題！），幾天下來顯示還真的沒人跟我聯絡
柳，干！

科技男寧願被大陸妹騙財不騙色，也不想約（有點像鐘麗
緹的）台灣女作家出門。我對人生很絕望，對未來也相當
茫然，在此拜託蓬萊仙山頻道增設大陸新郎單元，我會認
真收看的！

盛竹如的警告——萬萬沒想到……

這個假日我一如過去的每個假日，在家待了一天（淚奔），下午沒事做只好裝勤勞大掃除一下，免得突然有機會帶人回家家裡太亂很跌股。打掃完，決定去超市買個蟑愛呷來用用。（←這名字很害羞，但真的很好用）

因為我用生命在擦地，大掃除完整個人變很臭，但想說在家附近走跳不用太在乎形象，於是乎敝人就在把盛竹如的警告當耳邊風的情況下醜上了街。

萬萬沒想到啊！（盛竹如來也）我竟然在超市遇到之前健身中心的業務！其實我認不太出他來，他很熱情的來跟我打招呼時，我還想了很久這是誰，後來才想到該男是以前那位帥哥業務，會讓人心頭小鹿狂奔那種帥法。（我為他狂奔了一陣子竟然就把他給忘了，難怪大家都說歡場無真愛啊……）我們打了一下哈哈之後，我就很心慌的帶著我的蟑愛呷離開了。

因為敝人在下我沒穿奶罩！（登楞～）

幸好我穿了一件有點厚的T恤，不過，T恤上的圖案是外星人交配圖！！（第二個登楞～）這件T恤是李叉叉丟在我家的，倒楣的李先生因此又被我記上一筆，靖康恥猶未雪，看來我的恨意是無法消除的了。

另外，那天我下面穿的是一件男性四角內褲，在家時穿醬真的很酥湖，所以出門忘了換掉，想當然爾我也沒注意前面的扣子沒扣！！！（第三個登楞～）

看來我跟帥哥業務的緣分應該是還沒開始就已經結束了。此刻只想回家關窗戶開瓦斯，我是個懶女人不配活在世界上！！！

看著購物籃裡的蟑愛呷，最後一個願望是該男沒注意到我買這個玩意兒，不然他肯定覺得我不但又醜又臭還滋生病媒蚊了吧……（煙）

VOCABULARY

走跳〔Zou Tiao〕
閒晃，闖盪，台語發音。
例句：我是走跳東區的時尚女孩兒。

登楞〔Deng Leng〕
狀聲詞，通常表示驚訝。
例句：什麼，
內褲沒做到XXL號！（登楞～）

→

（看得出來我在擦玻璃吧，不用寫圖說了吧……）

ONE DAY OF
JHAI NYU

HOURS
10

MINUTES
42

芭樂樹對於停車之貢獻

剛經過駕訓班，看到有車在裡面緩慢前進，看起來十分平靜祥和，我想九成九是因為有芭樂樹的關係吧！

那個駕駛一定不知道駕訓班裡面和外面的世界差很多。在駕訓班時，好像從不需要後視鏡這個東西，行人（會在駕訓班閒晃的應該都是教練啦）都會禮讓車子，路邊停車時也拜芭樂樹之賜永遠能一竿進洞。

芭樂樹真是駕訓班裡最重要的家具，我們只要熟記「後視鏡對到芭樂樹時向左打兩圈」、「中柱對到芭樂樹時向右打到底」，一切就會非常容易。而我朋友的駕訓班比較荒唐，她說她進去後發現每個教練都在嚼檳榔，深入了解後才知道原來檳榔是個教材，教練會走著走著吐一個檳榔汁，跟她說後視鏡裡看到汁就怎麼打方向盤，真是太拉風了啊。

拿到駕照後，有天因為在等分手隔天去睡（老）女上師的李叉叉加班，在車上發呆時注意到這附近車子少又有很多停車位，激發了本人的停車魂，所以就開了他的車想練習路邊停車這件事。那裡大概有兩千個停車格吧！我只要看到空的就去試停一下。

寫到這兒我突然有點後悔，那時如果知道他有辦公室小曖昧，說去加班可能是去和女上師＊＊和◎◎，甚至連這個和那個都做惹，我就應該撞爛他的車，或是在後車廂藏毒，讓他坐個牢最好還被捅＊眼什麼的……不過那時好傻好天真的我本人並不知道辦公室是眉來眼去的溫床，所以全心全意的在外面停車。

話說我的停車路就跟阿信的人生一樣坎坷，要嘛撞到人行道要嘛整台超線，任憑我怎麼變換角度前嚕後嚕就是停不進去，大冷天的腋下都流汗惹。還遇到一個車主不知是有心還是剛好，在我前後嚕得不可開交時，他用手刀的速度

從對面馬路狂奔過來把他的愛車開走，一副我會碰到它的
樣子。

就這樣，那個晚上一人一車的忙了快一個小時，終於讓我
找到一個沒有高出來的人行道的貼心停車格，順利把車停
進去。下車之後，還從各個角度拍下我完美的第一次停車
紀念照。

那天起，我深深了解芭樂樹對停車的貢獻，決定要回駕訓
班對芭樂樹致意，並且宣佈：如果我當選市長，一個車位
配一棵芭樂樹，讓人人一竿進洞增加台北競爭力！

【補充】有一次聽朋友說，她姊姊也是開車新手，對停車
這件事相當的無助。某次在路邊停車時前嚕後嚕的就是停
不進，不知嚕了多久，馬路對面跑來一位青年誠懇的說：
「小姐，請讓我幫妳停車好嗎？」不知後來有沒有展開一段
以泊車為前提的交往啊……

情人節呷賽AGAIN

蘇的一聲這該死的情人節又要來了！（先翻桌一下）雖然敝人很想表現出情人節於我如浮雲的氣度，不過隨著情人節的腳步近了，滿街來勢洶洶的小熊和玫瑰花讓人很難淡忘這該死的日子。那天我除了在家生氣外暫時沒有別的計劃，該死的是今年的情人節還是那該死的禮拜六，連藉著工作忘卻我貧瘠的戀愛生活都某花兜。想到這我就覺得情人節做得很絕，擺明就是要跟我撕破臉啊。

現在回首我的人生，情人節這個日子彷彿從來沒有好好的過一下。

之前跟雪隧差不多長的空窗期結束後，好不容易交到一個男友，想縮多年媳婦終於熬成婆，情人節是老娘的天下了啊哇哈哈哈哈～（叉腰狂笑）沒想到⋯⋯（哽咽）沒想到在情人節前三天本人不慎在冰宮摔破了頭，當天在醫院等換藥完全沒過節的心情。加上臉上掛著巴掌大的黑青，去哪兒都很礙眼，最後只好和男友在醫院旁的小吃攤喝了吃血補血的豬血湯，然後回家養傷，第一個情人節就醬默默的過去惹⋯⋯

去年二月十四日本人的狀態顯示為單身，沒人陪也就罷了，當天還被仇家暗算，莫名上吐下瀉腸胃炎腸上了天，一個人邊發抖邊去就醫（怎麼又在醫院啊）。回家後約莫四點，我趴在床上靜靜的彌留著，突然接到一通電話邀約我過節。節日當天四點約，擺明就是之前約了十個人都被拒絕才輪到我的吧！用腸胃炎為由拒絕後，不久收到一則簡訊「我願化作益菌活絡妳腸胃」，看完我腸子都打結了。跟友人分享後，他研判該男子是想化作直腸鏡幫我看看我的腸子怎麼回事，順便從直腸處（也就是那肛門括約肌）進進出出進進出出進進又出出來活絡一下。髒死了，警察快把他抓走吧。

VOCABULARY

某花兜〔Mou Hua Dou〕
沒辦法，台語發音。
例句：好啦，如果你真的只想在書店翻不買回家，我也拿你某花兜啊～（兩手一攤）

→

無聊到進進出出進進出出進進又出出（非雙關語）

因為害怕自己的故事不夠催淚，我上網徵求了一些情人節的悲慘故事，收到一些悲慘的回應如下：

【銀仙人】情人節當天訂好餐廳訂好旅館大把銀子全花下去才發現女友當天月經，這樣慘不慘？
【台客】在情人節當夜打電話給外地求學的女友，她在電話那頭呼吸聲很短促又急著掛斷，我擔心是不是感冒聲音怪怪的隔天還寄圍巾給她，後來才知她劈腿，那天在跟別人約會。
【老張】我沒跟情人過過情人節啊，所以沒有悲慘的故事。(註：此人年紀三十有五，我要噴淚惹)

說出這些悲傷小故事，無非是希望傳達一個情人節呷賽的概念並打壞大家準備過節的情緒，畢竟老娘最看不得別人好了啊！
最後容我友善的提醒一下所有朋友們：情人節之於我就像端午節之於阿諾史瓦辛格，是平行線平行線啊！！方便的話以後不要在我面前提起這個節日了課以嗎～(老淚縱橫)

VOCABULARY

呷賽〔Sia Sai〕
吃屎，台語發音。
例句：劈腿男呷賽厚～

OL之人前單身萬歲，人後仰頭流淚（哭奔～）

OL JHIH REN CIAN DAN SHEN WAN SUEI,
REN HOU YANG TOU LIOU LE (KU BEN~)

燒餅蛋・兩個・嗯

半夜了還沒睡，跟大家分享一下心情好了。（醬說話很像大明星柳~羞）

昨天有點憂鬱，應該是從一早開始的。

早上去買燒餅夾蛋的回程，看到我家附近一間很好吃的水煎包店有剛出爐的現貨。這家店門口總是大排長龍，要等常要排到兩鍋以後，看到它剛出爐又沒人等實在太開心，於是乎忘卻手中的燒餅蛋，在下又買了兩個水煎包，然後又買了早餐的好搭檔大熱奶，有喝大熱奶才能開始美好的一天啊~

全部吃完後覺得有點飽，休息了一下開始切水果。

老木帶了很多水果給我，我心想都切在保鮮盒裡比較方便。先是切了一個大鳳梨，因為太大，預定的兩個保鮮盒裝不下，我只好把多出來的吃掉惹。然後開始削哈密瓜，老木帶了三顆給我，我打算削了其中看起來熟透的兩顆。削了第一個是綠的，放到盒子裡後我打開第二個，沒想到……它竟然是橘的！（登楞~）我想了半天，很擔心綠的和橘的放在一起會發生什麼不好的事，最後來回踱步了一下，我決定再把它吃了。

在起床的三個小時內吃了這麼多東西，我覺得自我感覺很不良好，撐的程度比起前一天晚上去吃吃到飽的麻辣鍋還超過很多，怎麼閒來無事待在家可以把自己撐成這樣啊……

擦完地又看完影集後，因為太無聊我開始亂轉台，就醬癱在沙發上癱了很久。後來因為皮沙發太熱，我又改為打赤膊癱在地板上。（因為家裡沒冷氣，我只好把自己活得像個老兵一樣）

晚上七八點左右，我檢視了一下自己逼哀的人生：

昨天一整天只說了「燒餅蛋／兩個／嗯」這幾個字（「兩

VOCABULARY

逼哀〔Bi Ai〕
悲哀，台語發音。
例句：沒床可著的人生
很逼哀……

個」是水煎包,「嗯」是因為大熱奶的老闆認得我,看我遠遠走來就問「大熱奶嗎」,減少了我開口的機會),真是太催淚了～

為了確認這麼久沒開口,會不會喪失說話的能力,我開口發了幾個單音,覺得太久沒說話喉嚨都啞了。

這是什麼樣的生活?!(懸樑)好好一個OL竟然淪落至此,竟然覺得上班生活還比較甜蜜幸福──為什麼不能天天扇班啊～～

VOCABULARY

扇班〔Shan Ban〕
「上班」的變音。
例句:彎彎有一本書叫做
《可不可以不要扇班》。

挑戰七天不洗頭傳奇

在本人的字典裡，洗頭向來不是一件重要的事。尤其是天氣一冷，常會讓人記不起上次洗頭是什麼時候，直到看到根根分明的瀏海才花現事情大條柳！

其實不只洗頭，在下對洗澡洗臉這類清潔工作一向看得頗淡，每天洗澡是因為人言可畏，總覺得不洗好像會有輿論的壓力，但我都會隨便喇拉ㄟ在五分鐘內快快洗完，家母常說我很適合當兵，是戰鬥澡達人來著；洗臉只有晚上隨便搓搓，早上用水噴一下就算交差了；洗頭則是盡量避免，一個禮拜兩次是極限。

沒意外的話，禮拜三和禮拜日通常是我習慣的洗頭日，其他日子是很難插進SCHEDULE裡的（不是我髒，是祕書沒安排進來，我祕書很壞）。

某個禮拜剛好有連假，禮拜四五都不用上班，想到「禮拜四放假」這個關鍵字，不出門不會遇到世俗的眼光，於是禮拜三晚上很輕易的說服自己洗頭是身外之物；禮拜四很平靜的過完一天，完全沒想到這檔事兒；到了禮拜五中午，驀然回首花現我的項上人頭已經五天沒洗，不過看起來既不油也不會癢，貿然去洗有點某菜，反正只是待在家裡啊。

然後我想到日本有個節目叫做《黃金傳說》，內容是讓藝人去挑戰一些什麼事，我的鬥魂就燃燒了起來，莫名的想挑戰一下看看人類在夏天可以幾天不洗頭，這真是一個偉大的試煉啊……（遠目）

禮拜五很平靜的過完一天，禮拜六起床後突然覺得頭頂的某處有點癢，不過伸出食指摳一摳對事情很有幫助，癢央立刻獲得舒緩，歸身軀輕鬆了起來。（旋轉‧跳躍‧我閉著眼～）

下午臨時決定出門一趟，出去前有用鏡子三百六十度環繞

VOCABULARY

喇拉ㄟ〔La La E〕
攪一攪，隨便弄一下，台語發音。
例句：寒流來襲洗澡不太好，只好拿溼紙巾喇拉ㄟ。

某菜〔Mou Cai〕
可惜，台語發音。
例句：約會很不順利，某菜老娘穿了成套內衣褲……（羞）

歸身軀〔Guei Shen Cyu〕
全身，台語發音。
例句：金城武讓我歸身軀熱了起來（採身體）

看一下頭皮有無異狀，確認無誤後才出門。和友人見面後，在下竟不知恥又帶點得意的跟大家說我六天沒洗頭了，一點都看不出來吧！然後還逼朋友聞我頭皮。我想小明在一場車禍中失去了雙腿，敝人可能也在一場車禍中失去了我的羞恥心吧。

終於到了禮拜天，早上一睜開眼就覺得頭皮從地心癢粗乃，距離上次洗頭整整過了七天，完成挑戰後心裡好踏實，可以安心的去洗頭了。幸好連假要結束了，不然敝人可能會繼續挑戰下去吧。洗頭時一邊抓一邊覺得這就是暢快，但洗完心裡一陣空虛，大家都是成年人了為什麼要做這麼無聊的挑戰，而且還沒對手，自己跟自己挑戰這樣，實在太虛了啊……

最近有人告訴我一個跨世紀的好產品：產後媽媽用乾洗頭。上網查了一下原來真的有，而且還是高絲出的，這麼知名的廠牌讓人覺得好安心，下班不妨去買一罐來試試。如果可以不洗頭，這錢就算花得值得了！

不過我有點擔心老闆花現是我要用，會打心底瞧不起我。不如借個小孩抱去買，讓老闆以為我在坐月子好了。

宅人之寶——鱈魚香絲

自從成為獨居老人後，加上我家離市區極遠無比，我的腿就退化到越來越不愛出門了。

有個禮拜天我最遠走到離家五分鐘腿程的美而美，一整天只有開口說「肉鬆蛋和大熱奶」七個字（對不起我說謊，七個字是為了戲劇效果，實際上是「肉鬆蛋不要美奶滋和大熱奶」一共十二個字，我那天其實說了好多話啊！！）加上敝人真的不是太愛看電視，所以週末如何找樂子變成一件重要的事。

幸好在下有一個很欠保養的皮沙發，為了打發時間，本人週末都很用心在幫它打蠟。而且不止打正面，沒人看到的地方照打不誤。敝人如此的用心，不曉得有天它會不會化成人形來報恩，趁我在上班時幫我洗衣煮飯繳房貸什麼的。

我發現人無聊到了極點就會覺得什麼事都有趣，東西上面只要有字都想拿來認真探討一下。有天我又一個人在家了，百無聊賴之下就邊吃鱈魚香絲邊看它的說明書。說到這裡一定要提一下，敝人連買了什麼複雜的電器都堅持不看說明書的，竟然在看零食的解說，想必是空虛到一個山窮水盡的地步了吧⋯⋯回到鱈魚香絲上（跳一下）

原來鱈魚香絲不但可口留香吃了還想再吃，無論郊遊約會小酌看電視看電影都能倍增情趣，留下更美好的回憶。這些當然都不是重點啦（雖然縮本人寫東西向來以沒重點聞名），說明書上告訴大家它還可以用來炒菜煮湯煮稀飯柳！

原來一包鱈魚香絲可以做這麼多事，真是居家必備的好伙伴，讓獨居的你再也不用擔心吃的問題，本人在此決定要把「宅人之寶」匾額贈給北海鱈魚香絲。

哦哦～鱈魚香絲，YOU ARE THE BEST！

→

我就是這麼認真
回覆粉絲們的留言的～
（其實是沒人約我出去玩，
只好上網惹⋯⋯）
（兩行清淚）

腳皮磨成一座山

腳跟龜裂雖然不是國人十大死因之一，但它讓我很矮油。
上次我家胎胎回來時送了我一個磨腳蛋，據說是米國人手
一個的東西。

說到這，第四台常有些莫名奇妙的東西會主打「歐美人士
愛用」的字眼，好像歪果的月亮比較圓這樣。有幾次我求
證外國的親朋好友，他們說那些東西看都沒看過，希望大
家不要再被「歪果忍也愛用」這點迷惑了心智。還有，傑
克和珍妮佛是一對洋騙子（搞不好他們壓根住在台灣），
大家不要再被騙了啊。

回到腳皮蛋上（跳一下）。

它的正面像一個削蘿蔔絲的東西，不過摸起來不利並不會
傷人，外盒上還有磨氣球的照片，氣球沒破表示它很安
全，所以可以放心的給嬰兒玩（這是開玩笑的各位應該知
道吧）。

我摸了一下，想說這麼弱的東西哪可能有用。萬萬沒想
到，才磨了三次左右，各・位・觀・眾～

我的腳皮磨成了一座山！（羞）

敝人的腳跟現在已經比臉還嫩惹，磨出來的粉末相當雪白
細緻，很像電影裡壞孩子用信用卡刮一刮然後吸到鼻子裡
的東西，而且腳跟一點也不會痛，因為它太溫和了我還
加碼磨了手肘和膝蓋頭。各位喜歡磨腳的朋友千萬不要錯
過了。

關於磨腳的產品，我之前還用過一種磨腳板，（是的本人
真的嫉腳皮如仇，之前還問友人要不要帶他女友來讓我磨
腳皮這樣。我是腳皮界的鋼鐵人，為愛與和平及腳皮而努
力……）本人封它二十世紀百大發明之首，是我目前用過
對抗腳跟粗皮及龜裂最好的產品。只要先用熱水泡一下腳
把腳皮泡軟，然後用那個東西使勁兒的搓腳跟，腳上的厚

VOCABULARY

歪果〔Wai Guo〕
「外國」的變音，
模仿外籍人士的口音。
例句：歪果的月亮比較圓。

歪果忍〔Wai Guo Ren〕
「外國人」的變音，
模仿外籍人士的口音。
例句：歪果忍的毛比較長。

皮就像剉冰遇到我一樣,馬上消失得無影無蹤,然後滿地都是長得像橡皮擦屑的腳皮。有多神奇妳一定要親自體驗才知道。之前我一直跟溫蒂姊推薦她都不相信,有天我去上班,她因為太無聊了就在家裡試搓了一下,沒想到一試無法自拔,我回家時她走路一拐一拐,原來磨過了頭把腳皮都磨破惹差點磨出血來。

我個人比較喜歡這款,因為它會磨出很多屑屑非常嗨。比較麻煩的是要先泡一下腳,讓腳在有點溼又不會太溼的狀態下磨才看得到效果,不像磨腳蛋在任何情況下皆可使用,機動性強多了,即便在星巴客手突然癢起來,立馬進行一個腳跟的療程都很OK。

總之,兩種都美賣,買一支可以用一輩子,還可以把它傳給女兒當做人生最重要的資產哦～

都會熟女的家一定要像樣品屋啊

假日在家不能免俗的做了例行掃除工作。雖然縮一個人在家亂也沒人看，但身為單身女子，總是會幻想萬一哪天有機會天雷地火帶了男人回家，開門的摸們被發現家裡很亂會有多糗。就像志玲姊接肯定不會剉青賽一樣，都會熟女家裡一定要像樣品屋一樣，才符合社會大眾心裡的期待啊。

今天因為閒著也是閒著，掃除做得比較徹底。結果搬開電視擦地時，竟然撿到一具壁虎屍，看樣子還未成年，不知為何橫屍在我家電視後面。

寫到這，突然覺得我家受到詛咒了，最近常有壁虎接二連三在這兒出事。讓我想起小學時學校附近有個鬼屋，小學生常會下課後手拉手去探險。我想壁虎界應該也盛傳我家是鬼屋吧，下課後大家會揪一揪來我家探險，然後三隻進來只有兩隻出去這樣。

說到擦地這件事，本人最近變得有點偏執。自從家中不再有男性出沒後，打擊地上來路不明的捲毛變成我人生中最重要的工作。因為我家地板是白色的，上面有根毛都可以看得一清二楚。

寫到這，不得不透露在下的真實身份是退伍老兵，最喜歡只穿一條四角褲在家裡走來走去（羞）。人吃五穀雜糧難免會掉毛的啊，以前看到莫名奇妙的捲毛還可以推說是男友腋毛，現在不知道要賴給誰。為了怕來作客的朋友看到地上的捲毛有不當聯想，我還去買了吸塵器，神經質的吸個不停。

再醬下去，有一天我很可能為了幾根毛得到憂鬱症，太不值得了。

聽說蓮霧下面的毛跟叉處體毛長得很像，不如家中常備蓮霧，地上有毛就嫁禍給它好了。

VOCABULARY

剉青賽〔Cuo Cing Sai〕
腹瀉，便色偏黃綠，台語發音。
例句：剉青賽完小腹一片平坦。

揪一揪〔Jiou Yi Jiou〕
邀一邀，台語發音。
例句：不要再造句了，
大家揪一揪來去吃火鍋吧。

→

下雨天澆個屁花，
本日待辦事項馬上少了一個，
更無聊惹……

我中獎惹就醬花

威力彩終於有人中了，兩人平分十億光用想的我心臟就快停掉。今天水果日報頭版就介紹了五億能夠買多少個便當、唱多少次KTV、放在銀行一年有多少利息等等等……一時之間我覺得大家都在瓜分屬於我的獎金，為了怕咻的一下我的錢就莫名奇妙被花光光，在下為我的獎金做了些小小的規劃。

首先我會請朋友們去吃蒙古烤肉，而且連吃一個月。其實這是很久前就訂好的計劃，只因某次跟好友在討論我們中樂透要怎麼花，他說要環遊世界我說吃蒙古烤肉，一比下來本人馬上顯得很小家子氣，所以我發願要請親朋好友吃蒙古烤肉連吃一個月！請不要再指控我沒格局惹，這種奢華的吃法連郭台銘都會送我一個大拇指的！

然後我要把現在住的小小房重新裝潢變成一間湯屋。因為十坪的空間是一個家時讓人很想噴淚，如果它是一個浴室那就十分豪邁了，敝人這輩子就是追求一個豪邁瀟灑。還可以請朋友來我的湯屋泡湯，再也不用擔心去陽明山泡溫泉，坐在池邊納涼時不小心染上什麼不名譽的疾病下面開出花來只好去電療，進出性病診所被認識的人撞見一輩子都抬不起頭來。

之後我想，身為一個大富翁也該做些回饋鄰里、對國家社會有貢獻的事——本人決定斥資買下背著女友跟（老）女上師搞七拈三的李叉叉家的左右兩戶，把它們捐給流浪動物之家收容兩百條流浪狗，如果有很愛越獄的流浪鱷魚或生性不羈的流浪大蟒蛇什麼的，本收容所也不會拒絕，因為我對動物就是這麼的有愛心啊～！

寫到這兒我發現了一個疑點：

本人幾乎沒有在買樂透，要中獎比<u>著床</u>還難縮。

VOCABULARY

著床〔Jhuo Chuang〕
精子與卵子於輸卵管內結合後，受精卵附著於子宮壁的過程。

突然想到我最好的朋友老頭，以前我們都會合買樂透的，但買過數回從來沒有中獎。某次他沒跟我合夥立刻中了兩百塊，從此以後他都會瞞著我自己偷偷買，還在背後縮我是大衰人。曾經情比金堅的友誼就這樣畫上句點！

黃老頭，你亡蕩惹！（指）老娘要是發財了一定會買下你家樓上樓下蓋手機基地台的！啊哈哈哈哈哈））））（站在山頂叉腰狂笑）

【補充】至截稿為止，本人買彩券的最高中獎金額顯示為兩百元。一直無法有好運降臨是不是跟我存壞心眼有關呢？電視機前的小朋友，歹路不可行，要多做好事啊～

亡蕩〔Wang Dang〕
「完蛋」的變音。
例句：再叫我造句，
你就亡蕩了！
（折指關節）

不辣甲研討會

話說我是一個鄉下人很久沒進城惹，有天意外發現南京的衣蝶已改為新光三越，最上面的內衣館挺奢華。敝人最近因為發胖了胸部又發育了一下，常常在穿上<u>不辣甲</u>前傾四十五度撥奶的摸們，<u>膩頗</u>就硬生生的<u>飆粗乃</u>，背後肉也會一節一節的，卡一整天脫下來背後會有個印子（叫我雨傘節謝謝）。回想上一次買奶罩是去年過年的事了吧（遠目），是時候該進新貨了，所以看到這麼尊榮的內衣區就晃進去參考了一下。

小時候我很痛恨專櫃小姐粗暴的衝進試穿區瓦我的奶，一來不好意思，二來要縮小腹很累，可是她們是瓦奶狂，不瓦一下手會癢的樣子，常常我一把內衣穿進手臂就會聽外面傳來「咩美～我要進來囉」，我想她們可能有守在布簾外看我們的剪影抓時間吧。

等我再大一點，奶罩區開始尊重人權會讓我們鎖門，也會先問一下需不需要幫忙調。這樣非常好，穿奶罩又不是搬沙發一定要人幫，我自己來就可以了啊（脫是有人幫比較愉快啦～羞）。

歲月如梭，一轉眼我變成了中年婦女。說來奇怪，一夕之間羞恥心就沒有了，現在我好愛小姐幫我瓦哦。小姐的手跟我們路人的手一定不一樣，被她們一瓦，副乳統統會變回正乳而且相當集中，小姐們小時候可能是納粹來著。而且她們還會調後面，一調胸線就變很高。像我們中年婦女胸部會一直向肚臍靠攏（我個人還有膩頗一直往腋下鑽的困擾），唯有小姐才能把它們調回正確的座標上。就算我們記好攻略回家照做，也沒法達到那種化境。

有時候覺得約會前應該先去找小姐幫我們喬一下，不然太鬆弛了真的很跌股。我覺得百貨公司應該推出約會前的喬奶服務，就像約會前要做頭髮一樣，胸部也是約會中不可

VOCABULARY

不辣甲〔Bu La Jia〕
胸罩，台語發音。
例句：我的不辣甲
穿三年了還沒換，很節省吼？

膩頗〔Ni Po〕
「NIPPLE」的音譯，乳首。
例句：湯惟的膩頗
跟丹佐華盛頓一樣黑。

飆粗乃〔Biao Cu Nai〕
「露出來」的誇張說法。
例句：再造句下去，
我的髒話會飆粗乃。

或缺的一環啊～要不乾脆來個喬奶宅急便好了，服務到家這樣。

寫到這，讀者會不會覺得本人胸部出了大問題，竟然欠人喬到這個地步。是的（停頓），胸部闖牆，人稱外擴王中王的丟系哇奔郎啦～～～哇哈哈哈哈（笑出淚來）

VOCABULARY

丟系哇奔郎啦
〔Diou Si Wa Ben Lang La〕
就是我本人啦，台語發音。
例句：復仇係女作家
暨山寨版鐘麗緹
丟系哇奔郎啦～（翹腳）

向上提升，向前看齊

本人一直有外擴的老症頭，胸部左右分家老死不相往來了好些年（也就是江湖人稱的八字奶）。不過老實說我並不是太介意，反而挺喜歡極低胸但是沒乳溝，只露胸前骨頭的感節，覺得醬看起來比較瘦而且很知性，有時候甚至會故意往旁邊撥一點。

日子久了，有天驀然回首，發現它倆已經跑到腋下各自為政，就算上半身全裸用手夾著也可以藏起乳首。醬固然是很拉風沒錯，好像可以去金馬獎當表演嘉賓，可是乳房四處流竄總讓我想到一根筷子很好折、一束筷子折不斷的團結力量大的故事（這比喻好像不太恰當）。我帶著兩盤散沙好像很容易被敵軍攻破，走在路上總是很擔心會遇到仇家。

約莫一年多前的某個子夜時分，我在MSN上遇到江姊。她很嗨的開了WEBCAM正對她的奶給我看，三不五時還揉一下，歡喜的心情不言可喻。原來她買了一款塑身衣（它的學名好像叫防駝衣吧），穿上後，胸部終於歸位，感覺上大惹兩個罩杯，真是太神奇惹。

隔天下班後我手刀奔去買（其實早上很想請病假去買的），穿上後乳溝真的像侯門一樣深似海，而且腰內肉會變團結，不會掉在腰間晃來晃去像在跟路人挑釁，我流浪到曾母暗沙的副乳都回到胸前變成正宮娘娘。這個摸們我終於了解江姊歡喜到揉奶給我看的心情了，因為隔沒幾天我也強迫友人摸我胸部，見證這向前看齊的一刻（不過聽說穿久了小腹會變大，大家可以權衡一下孰輕孰重再決定要不要穿）。

天氣涼爽的時候，不怕小腹大的人真的可以去買一買，那個時候開始穿剛剛好。畢竟夏天貿然穿上可能會心浮氣躁火大到亂砍路人，嗯湯啊嗯湯～

COMMENT

嗯湯〔En Tang〕
不可以，台語發音。
例句：成龍大哥婚外中出，嗯湯啊嗯湯。

還有，防駝衣通常是沒做罩杯的，也就是說，它胸前是做挖空的設計。專櫃的塑膠假人都直接穿那個露出乳房（反正它也沒奶頭），但現實生活中裡面要穿上自己的不辣甲哦。不穿的話看起來會像A片，感節很適合和手銬皮鞭搭配使用，羞死人柳～～（掩耳跑開）

再一個還有，連兩篇都寫胸部的事，大家會不會對在下外擴的事印象很深刻？反正木已成舟，不如再跟大家分享一下我胸前的小煩惱──事實上它們不但外擴，顏色也稍嫌暗沉（突然交起心來）。大家如果有什麼解決方案，請不要吝嗇寫信告訴我啊！謝謝～

睡眠之神請多給我一點時間

本人心中有個大謎團一直無法解開，就是上班時天天賴床、放假日特別早起這事兒。

很奇怪，平常日子鬧鐘定八點，響了之後都要賴床賴到八點半才不甘願的起床，但只要遇到假日，差不多七點多就會自動醒來。最近特別誇張，我某個禮拜五凌晨四點睡，隔天星期六凌晨兩三點睡，但早上都七點多就醒了，而且再也睡不著，連正港的耆老黃老頭都睡得比我多很多，好像老天爺在暗示我變成老人了，應該要去公園做做外丹功才是。

因為這樣，我也發現一件殘酷的事，就是女人年過三十如果再睡得少，臉部浮腫眼圈泛黑休息幾天也沒用，而且毛孔會一直長大，大到可以種一顆綠豆進去的感節～

我試過睡前抱著「明天要上班」的心情想欺騙我的巴底看它會不會上當，但它很聰明不太好騙，一到七八點又會自動想起床。到底是誰告訴它今兒個不用上班？這件事我百思不解。況且本人明明假日也沒啥搞頭，沒理由前一天會開心到讓身體發現隔天不用上班的啊。

我也想過可能是生理時鐘已經會記禮拜六和禮拜天，所以每隔五天就會早起兩天。可是曾經遇過某個國定假日，那天明明是星期四，我還是大清早七點多見鬼般的醒了。為什麼明明沒約會，早起也是廢人一個只能在家滾來滾去滾一天，冥冥之中還是有股神祕的力量逼我早早起來?!

好想睡到下午然後皮膚水嫩的醒來，睡眠之神哪請多給我一點時間啊啊啊～

VOCABULARY

巴底〔Ba Di〕
「BODY」的音譯，身體。
例句：嘴巴說不要，
巴底倒是很誠實。

→

速食店真是單身人類的好朋友啊
（和麥叉勞手拉手跳圈圈舞）

ONE DAY OF
JHAI NYU

HOURS
11

MINUTES
57

落枕啊落枕

不知道從什麼時候開始，本人非常容易落枕，而且不是落在脖子上是落在後背。

小時候我從來不把這種事放心上，反正不去管它它自己也會好。可隨著年紀漸長，發現千萬不要迷信「自己會好」這種事，因為真的不會好。

說到這順便分享一下中年的心得，給後生晚輩參考一下。話說人到中年除了體重外什麼都下降惹，以前一天到晚在熬夜隔天還是活跳跳親像一尾活龍，現在熬一下可能要休息一個禮拜體力才會恢復而且眼圈黑得不像話，一不化妝就會被警察抓去驗尿。而且小時候再生能力很強，耳洞明明穿了七八年，三天不戴耳環耳洞就會合起來（我曾經懷疑給我一個禮拜時間，就算手臂斷了也會再長一隻出來），現在身上有疤或黑青如果不好好照顧，一輩子都不會好。還有還有，想靠生病或腸胃炎來減肥比教鵝握手還難，明明下痢三天只吃空氣，給我一片蘇打餅乾馬上又胖回來惹。

說到這忍不住想提一下我的老年好友艾略特。自從他老人家年齡邁入四字頭後，開始會利用等我們下樓的五分鐘空檔在車上打個盹兒，飲料也要買200ml的，因為350ml的他喝不完……想到我都快要噴淚了。

拍謝我離題，本篇是在講落枕。

記得去年有一次嚴重大落枕，那天晚上睡著睡著聽到背後傳來「咔」的一聲，然後整個上半身就沒法動了，早上還沒法挺身下床，只能用滾的滾到地上再慢慢爬起來。剛好那天是月結日，公司沒我可能會倒，所以我還是邊哎邊去上班，可我的背部已然無法支撐我的頭，所以一定要用手扶著下巴才能行動。坐在位子上連輕輕動一下都能讓我喘半天，對面的電腦部小哥聽我嬌喘了一上午，晚上八成會

夢到我吧（羞）。

忙完後我用手托著下巴去中醫診所想推拿，醫生看到本人舉著頭的樣子決定給我個急診，就用針在落枕處一直轉，整個痠到我心深處。鑽完後我的背還是舉不起我的頭，只好再捧著頭走進西醫診所。醫生給了我一支肌肉鬆弛劑後，我的頭終於能在脖子上好好待著，不會軟爛的垂在那兒惹。

以前敝人都以為這種民俗的病一定要去看中醫才好得快，去給人家推拿推到呼天搶地才覺得有效，現在才知道原來打一針就會好，受教了啊～

【補充】江湖傳言治療落枕有個特效穴，俗稱「落枕穴」，位在握拳時，手背中指和食指指節高處，成等邊三角形的點上（有沒有很撲朔迷離？）。落枕時按一按，可能有奇效哦～（那是書上說的不是我說的……）

大說謊家

有一天太無聊晃去士林想買鞋，看上一雙很高的，試穿時擔心難走考慮了一下，專櫃小姐立刻說：「妳放心，這很好穿，我自己也有帶。」

馬的我最肚爛這句話了！但好像全台灣的專櫃小姐都酷愛這句話。買就買，為什麼一定要說「帶」，聽了一肚子火會整個冒粗乃。

另一個大謊是「我們很多客人都一次買很多，有的隔天又來買」。這話真的沒有讓人太心動，只想去跟那位客人說：「富不過三代，你有沒有必要買那麼多！」

還有的小姐為了要做生意把禮義廉恥和道德都拋棄，明明很醜還硬要說很適合。我到現在都記得很多年前某次和克拉拉去逛街，拉拉本身蠻瘦的，但她看了一件很不對勁的裙子，穿上去像懷孕六個月，小腹都鼓到發亮了！專櫃小姐竟然還不要臉的說很好看，完全不在意說謊死後會下地獄這件事，害站在旁邊的我都替她擔心了起來。

另外還有一些小姐會用恭維我們年輕來拉近距離，比如說：「咩美～妳還沒畢業吧。」（奇怪的是她們很少說妹妹或美眉，發音常是「咩美～」還要拖尾音）以前聽到還會開心一下，現在完全知道她在唬爛，只是想賺老娘的血汗錢啊。

不過我覺得以上都只是小騙子，某電視購物才真的是大說謊家。

有一個賣NUBRA的採取真人實證的銷售方法，找了一堆路人說她們穿NUBRA的心得。某段的主角是一個在跑步的國中女生，跑著跑著跑到鏡頭前，說她上體育課都穿NUBRA，沒有肩帶的束縛動起來好輕鬆，然後她娘就冒出來摟著她，說什麼給女兒穿這種內衣很棒等等等。

這太扯了，NUBRA穿一天胸部會癢央就算了，本人就有

→

選來選去，不難道吃什麼，
打個香腸好惹
（哪來的香腸啊，
照片裡只有三層肉吧……）

ONE DAY OF
JHAI NYU

HOURS

12

MINUTES

05

當伴娘穿NUBRA，因為太癢一直學大猩猩搥胸來止癢的經驗；而且那東西遇到水會黏不住大家應該都知道，那個女生一流汗她的奶罩肯定會掉出來，不是害跑在她身後的人踩到滑一跤，就是跑著跑著會被後面的人追上來說：「同學～妳東西掉了。」（還把NUBRA遞給她）

這這這～還要做人嗎？給女兒穿這種東西合理嗎！購物台的人到底在想什麼啊。（戳腦袋）

看到一堆女生穿著竹碳內衣打枕頭仗玩黑白ㄘㄟㄟ，正常人也不會失心瘋到也想去買一件！

不過最後我要害羞的承認：我還是買了那雙鞋。

畢竟小姐自己都帶了，我不帶好像太不近人情了點，小姐也會對人性感到很失望吧。

希望天氣趕快放晴，好想穿新鞋出門啊～

冰箱裡的東西其實也會壞

上禮拜一時失察,把一鍋湯放在廚房超過三天,想探一探虛實時手伸很長並憋了一會兒氣才敢接近,果然一開蓋子看到上面浮一大白。(←這話其實不是醬用的,小朋友不要學。說到這,自從我發現部落格有小學生出沒後,覺得自己不應該亂用成語或是亂攻擊人,免得小學生誤以為社會很險惡、女上師都不是好東西之類的。我壓力好大哦,小學生這裡不是你該來的,請離開我的生活回到沙堆玩吧!!)

回到我的鍋上(跳一下)。

那鍋上面浮了一層白泡泡,有點像豆漿放很久上面長了一層東西釀。單身女子家出現這等東西還要嫁人還要嫁人嗎~我立馬拿出去要倒掉,倒完後想到忘了拍照有點可惜。隔天我奮發圖強的檢視了一下寒舍的食品,在冰箱裡拿出了一個饅頭。乍看之下沒什麼,但它剛出生時其實是個雪白的饅頭,不知怎的長出一些斑點變成蔥花饅頭了。原來放冷凍庫裡也會出事。

而且啊(爆點來了),這饅頭是空虛的野獸李叉叉買的,也就是說小雪在我家冰箱躺了超過一年後變小花了。真是太噁心,讓我冷靜一下……(煙)

然後又發現了一包魷魚絲,其實它是原味的,放久了長出綠毛來變成海苔口味。這包是溫蒂姊從大陸帶回來給我的,很好吃,剛調閱VCR發現她是一個月前回來的,也就是說魷魚絲很不堅強,才放一個多月就變醬,再放下去應該會長出什麼生化怪物吧。

其實我前陣子還在冰箱發現爛芒果和爛芭樂,因為老木三不五時會偷偷來我家偷放東西在冰箱裡,而本人很少在注意冰箱的生態,通常只打開來拿出想要的東西這樣,所以常不小心讓冰箱裡存了很多古物。我家根本是故宮博物院

內湖分館來著，不如今天回去仔細翻一翻，搞不好會挖出長毛象柳。

突然想到之前在下有從冰箱撈出一個放了差不多七八個月的粽子打算吃了它（也是李先生還在我身邊時買的），因為急凍奇俠教我冷凍庫裡的時間是靜止的，就算沒靜止也是過得超慢，也就是說冷凍庫方七日人間已千年這樣。七八個月的粽子換算成人類的單位其實只活了兩天應該沒走味，朋友勸我別吃還引起本人不快，想說劉家肉粽老娘非吃不可不要阻止我～～（大猩猩搥胸）

想想我真是一個有尬此的女人，待會應該去試試站著小便才是。結果我的人體實驗證明：冰櫃裡的東西其實也會壞的。請大家務必把這件事傳頌下去，才不枉費我一口咬下之後幹譙三天的美頌。

最後來個每日一辭（請大家自行登登登一下）。

【浮一大白】浮者，罰也，這詞兒其實是指酒宴上的罰飲。剛估狗了一下，「大白」彷彿是酒杯的名稱（其實我之前一直以為是酒名，比如白干之類的）。浮一大白是指我錯了對不起自罰一杯請原諒我。

例句：千不該萬不該教壞小孩，我且浮一大白，往事一筆勾銷課以嗎？

謝謝大家的縮看，再會。

VOCABULARY

尬此〔Ga Cih〕
「GUTS」的音譯，勇氣、膽量。
例句：我敢一個禮拜不洗頭，真是一個有尬此的人。

縮看〔Suo Kan〕
「收看」的變音。
例句：謝謝您縮看宅女日記。

宅女小紅胯界姿勢佳

JHAI NYU SIAO HONG KUA JIE ZIH SHIH JIA

見鬼中醫診所

我一直有冬季皮膚乾癢的問題,癢到晚上會情不自禁的一直抓腿,又因為敝人是大力金鋼指第十八代傳人,常會在腿上抓出一道道血痕,讓腿又粗又花實在是很困擾。

有一天我娘說,這種病看中醫最有效,又說什麼她朋友去看了一家中醫超厲害,都不用說症狀,只要讓神醫把個脈,有什麼病狀他都能說中,命中率百分百。還舉了一堆實例,某某阿姨某某太太都有去(包括她自己),人人都覺得神準無比之類的。我想也好,一直癢下去也不是辦法,那就去看看唄。

因為那家診所人真的很多不好排,那天我特別請了下午的假,老木則是一早就去幫我排隊搶頭香(母親真的像月亮一樣柳)。等了很久終於輪到我,一坐下來神醫就幫我把脈,並開始說他認為我有的症狀,什麼偏頭痛、胃發炎、心跳不規律、睡眠品質不好……拉哩拉雜一大堆,多到我覺得可能有必要開始撰寫墓誌銘安排後事惹。

神醫邊診斷還邊問我準不準,我一方面不想讓醫生傷心,一方面又看到老木熱切的眼神,想縮給她個面子好了,只好默默的認了這些症狀。但其實我真的沒有以上問題,一點都妹有!

醫生看我承認了就繼續講,到底講了什麼我都忘了,反正渾身上下都有毛病就是了,可是這次求醫的重點「皮膚乾癢」他完全沒講到!!

講著講著,他還意猶未盡的說:「妳昏咪烏很兜。」看我一臉疑惑,他又重複一次:「昏咪烏很兜。」我還是聽不出個所以然,又問了他一次。這個時陣醫生也煩到,很大聲的說:妳・白・帶・很・多))))))

媽呀~這下不但我聽懂了,整條街的人應該都聽到了吧!

這五個字在我腦中嗡嗡的響,真是亂害羞一把。(重點是

我真的沒有很多啊……)

在他大吼之後，病情猜猜看的活動終於告一段落，醫生做
了一些無謂的叮嚀比如不要熬夜、少吃冰之類的，就打發
我出去拿藥——ㄟ～等等，我是來看皮膚的，他卻根本連
提都沒提啊！

我原本已經起身了又坐回去，很怯懦的說：「其實我是來
看皮膚癢的問題。」（這個摸們老木還瞪了我一眼，似乎在
責備我忤逆神醫。）醫生說：「哦～好，沒關係，我知道。」
（你知道個屁！！）就趕我出去領藥，於是乎本人暗地起
誓，這什麼見鬼診所老子以後再也不來了！

我的求醫之路真的很坎坷啊……

超音波，超害羞

我個人是B肝帶原者，所以要定期抽血檢查，順便做個超音波。但是我本人相當怕癢，每次做超音波時，醫生一開始抹油我就會笑不停，等到那玩意兒滑到肚子上時更是可以笑出眼淚。那天也不例外，不同的是多了一堆觀眾……（遠目）

又到了檢查肝臟的日子，被照超音波達人我故意穿了個低腰裙（←為了方便在第一時間露出肚子），護士一叫我進去，我就直接躺下掀起衣服還把裙子往下拉一點，這麼做無非是想炫耀我是腹部超音波老手來著，誰人甲我比。

結果簾子一開，除了醫生，還有一堆年輕實習生魚貫的走進來圍成一個圈，讓我登時有種被包抄的感覺，心情不太好。大家站定後，醫生開始抹油並幫我照，一面跟那些人講解、一面一直把我裙子往下拉。我記得以前不用拉到那麼下面的，不知他是想講解清楚，還是要用我叉處的體毛來當這些好學生們認真聽課的獎賞，我感覺到超音波的棒棒一直往我的鼠蹊部滑滑滑過去……好了～我真的覺得我要露毛了，心頭一陣慌亂。就在這時，醫生直接把我的裙子頭塞到內褲裡，開始很仔細的把我的肝介紹給大家。

看著圍成一圈的年輕男子（還都是準醫生呢～），想到此時此刻我的裙子被塞在內褲裡，整個人被羞恥心淹沒，第一次覺得癢但一點也笑不出來，甚至覺得眼角溼溼的有點鼻酸，整個肝臟研討會我都揪著床單把頭轉向旁邊，不願跟任何一位醫生打到照面……看來我是沒辦法在這家醫院把個醫生回家了，真是太丟人柳～

【補充】那天老醫生講了一句話：「這位女病患肚子脂肪層不會太厚，所以叉叉圈圈都可以看到。」直到今天我閒來無事還會拿出來反覆回味一下～真是太中聽了！！

VOCABULARY

叉處〔Cha Chu〕
女性私處。
例句：用叉處造句羞死人了。

→

吃飽閒著也是閒著，
看個食譜學做菜好惹～

ONE DAY OF
JHAI NYU

HOURS
12

MINUTES
53

永澤沒有夜生活

這件事縮來害羞，身為下體達人的我本人，下半身也出現過異狀。不過，因為有點羞於啟齒加上說它異倒也不是太異，就偷懶不去理它。

有天在公司覺得<u>人鮮鮮</u>不酥湖，好像有點快發燒的感覺，突然想到我一介獨居老人萬一半夜掛急診，要穿著發黃的睡衣爬去找警衛幫忙，醬以後還要做人嗎？加上友人說「關心自己，從關心下體開始」，我也覺得沒有下體哪裡會有家，是千古流傳的話，德智體群美裡面體還擠進前三名，下體這麼重要還是去看一下比較安心，總不能因為最近沒什麼機會用就荒廢了它。

於是那天下午撥冗去公司附近的醫院看看，掛號時我壓低聲音怯懦的縮出泌尿科，真是羞死人了。坐在泌尿科外候診著實讓人坐立難安，有種被下體病患包抄的感節。不知道他們下面都生了些什麼？而我竟然還坐在這裡的椅子上！想到這兒背後唰的一聲涼了起來。

等了半天終於輪到我，我快步起身離開這個下體地獄，一坐定才發現醫生的臉被老人斑攻陷，我這一世人還沒見過這麼老的醫生。

老醫生用手支著頭緩緩的問我怎麼了？緩到我好擔心他要圓寂了。他的雙手生來應該只是為了撐著頭，因為他連滑鼠或病歷都不碰，什麼事都叫護士做。那個護士也挺妙的，明明不年輕可好像是新來的，連檢驗單都印不粗乃還去外面找人幫忙。

驗完尿後報告出來，我再度走進讓人心慌的下體診療室。老醫生縮是輕微尿道炎，用濃濃的鄉音唸出英文藥名叫護士打藥單。不過老醫生鄉音濃就算了，竟然連藥的正確名稱也不太記得（天哪～這家醫院還不小耶！），B和D和V從他口中吐出來是一模一樣的，而且如果打B後面沒有直

接跑出藥名，他就會很隨興的叫護士試試D或V。

他們兩人就醬玩了十分鐘吧，結果連一個藥都叫不出來，最後只好把所有泌尿科用藥列出來在裡面慢慢找，可恥的是最後還是我幫他們找到的！（其實之中我有幾度想舉手跟醫生說如果很輕微那就不要開藥了，我自己多喝水好了……）在找第二個藥時，同樣的橋段竟然又上演一次，我覺得除了尿道炎我也快得憂鬱症惹。

最後終於OK了，但是護士不會印藥單，印了半天都失敗，只好出去找人幫忙。這時醫生開始跟我閒聊，問我在哪上班、什麼職位等等，我覺得醬瞎聊也不是辦法，至少要問問尿道炎的成因。（我敢問出口，就表示我下面會生病跟私生活不檢點一點關係也沒有，請讀者們要相信我啊啊啊～）

他說我「應該」是過動性膀胱炎（剛才幹嘛不說……），可能是壓力大、太累或緊張引起。講著講著，他聲音又變弱而且漸漸放空，我忍不住又擔心他要圓寂了。

終於印出藥單後，本人一心想逃離這個鬼地方，醫生卻立刻把我叫住，問我「你們公司有沒有不上手的新員工？」同時意味深長的看了老護士一眼……

媽咧！我公司裡也沒有老人斑滿到溢出來還口齒不清的員工啊！

【補充】那天請假時，主管問我怎麼了，我說可能是尿道炎吧去看看才知。他走後又折回來跟我縮：「尿道炎啊！妳夜生活很精采哦～（笑淫淫）」實不相瞞，老娘單身很久惹，最近只看過陳冠希的老二，是要去哪裡淫亂啦！（翻桌）

【再補充】本人覺得並非我主管特別下流，而是大多數男

性都有一種怪病：看到有人吃蝦子一定要調笑，說到腰子
或是講到硬長強粗久大等字眼或是吃飯時看到烤鮭魚頭
（還要故意說成鮭頭）就像被點到笑穴般的笑嗨嗨。這幾
個梗真的讓人翻白眼，他們看起來也人模人樣的，為什麼
笑點要這麼低呢？

【發誓這素最後一個補充】在我心目中膀胱跟永澤長得
很像，我覺得永澤是膀胱投胎的吧！不過我發現永澤以
前的樣子和現在差好多，他家裡失火前好像長得比較純
樸縮……

VOCABULARY

永澤〔Yong Ze〕
卡通《櫻桃小丸子》
裡的角色之一，
頭部呈現洋蔥形狀。

→

無聊到對吸地投入真感情。
怎麼地上有來歷不明的捲毛（！）

ONE DAY OF
JHAI NYU

HOURS

12

MINUTES

48

健身房下體事件簿

想當年我第一次失戀時，因為窮極無聊生活頓時失去重心，假日沒會約就像沒有油條的飯糰整個很空虛寂寞覺得冷，於是乎開了很多錢加入現已倒閉的亞力山大，展開我魔鬼筋肉人的生涯。

常去健身房的人一定會發現，很多女生都會大方的三點全露就去更衣，可能是敝人生性保守，第一次看到有人在面前更衣我整個傻眼。雖然說後來有漸漸習慣裸女在我面前晃，但本人還是會偷偷摸摸的躲起來換衣服，深怕橫肉很多的胴體被路人瞧見。

隨地更衣不打緊，可怕的是很多人洗完澡後也不肯把衣服穿上，甚至連毛巾也捨不得圍，就大剌剌的在那裸體吹頭髮。這樣就算了，竟然還有不少女生大腿微張的用公用吹風機吹私處體毛！我不懂，這是在幫該冰做造型嗎？每次看到這種女生，我都不敢站在旁邊，怕被她的陰風掃到……不過，因為在亞力山大這個小社會中，每次都會遇見幾個這類追求下體極致乾爽的女性，導致我對這件事漸漸看得比較開惹。

某天運動完後，我無視身邊的下體造型師，專心的做著臉部保溼。就在這個時陣，一個微壯的女子聽著音樂，一邊忘情的搖晃身體一邊裸體吹頭髮，吸引了我的注意。連毛巾也不包已經夠嗆的了，沒想到，她吹頭吹著吹著竟然用左手掰開左半邊屁股用吹風機上下來回吹股溝！哦買尬～我不酥湖，要不是我也只圍了一條毛巾，實在很想奔入雨中大哭一場。

隔天跟吾友老頭聊到這件事，他搖搖食指說我太嫩了。他聽朋友說，男性更衣室裡還有人會翻開包皮吹呢！聽得我手臂上的毛都站起來了，健身房裡的怪事未免太多了。

說到這，我想到一個塵封的往事……（遠目）

VOCABULARY

開〔Kai〕
花費，台語發音。
例句：最近開了很多錢，
我要去當代理孕母了。

該冰〔Gai Bing〕
跨下，台語發音。
例句：買了啤酒就該冰起來。

十五年前當本人還是少女的時候，上過一陣子韻律舞課。某個不尋常的夜晚，教室出現一位不平凡的女子——不，敢這麼做簡直堪稱女俠！這位俠女很大膽的穿著丁字褲型的舞衣（極高叉屁股後面只有一條線，裡面要再穿一件短褲那種，在敝人少女時代這種舞衣曾經很流行），卻忘了穿最重要的那件短褲！（驚）

一開始我還以為看錯了，完全忘了前面老師在教殺小，只是一個勁兒的盯著她看。因為近視沒戴眼鏡深怕誤會了她，我一邊隨著音樂舞動一邊不著痕跡的跳到她後面蒐證，直到我看見沒有束縛像布丁一樣晃動的兩團屁股肉才確定，哦傑克這一切都是真的！！好想問她滿身汗還讓丁字褲磨卡稱會不會不酥湖（有外痔的人應該已經失血過多昏倒送醫了吧），而且以這類舞衣高叉的程度來縮，叉處的體毛應該都噴出來柳，她怎麼還能那麼自在的舞動著，我不明白我不明白哪～～（抓頭）

天哪越想越驚嚇，讓我冷靜一下先……（煙）

VOCABULARY

殺小〔Sha Siao〕
什麼東西，台語發音。
例句：腰是殺小？
為什麼我身上沒有？

傑克〔Jie Ke〕
舊時購物頻道常出現的外國人，與珍妮佛搭配。

A片十八招

某天有人為了揪我去看一個試片，用了很有技巧的話術，劈頭就說：「這片子有很多很多的下體哦，非常適合妳，妳一定會喜歡！」

看完之後，我發現他沒有說大話，這電影的下體還真不是普通的多。不但下體多，髒字也特多，算是我活到三十多歲的人生中聽到最多法克的兩小時。劇情是在講一對好友窮瘋了自己拍A片的故事，雖然用一個很低級的手法包裝，但本質算是個浪漫愛情喜劇（吧）。讓我印象很深的是戲裡有陰囊！整顆的陰囊！！老子也算見過大風大浪，但乍看到陰囊的全貌，頭皮也是發麻了一下。

裡面有個女生，據說是美國一個有名的AV女星，戲裡的名字叫泡泡，因為她會用下面吹泡泡讓大家目瞪口呆。看到這我忍不住覺得外國人真是很嫩耶，我們台灣人就算看到另外十七招眉毛都不會挑一下的啊。

說到十八招，我想到一件事（要離題惹）。

想當年我男人為了一個離過婚的（老）女上師甩了我，在下因為很悲憤，難免說些意氣用事的話（其實平常就很愛說）。某天我和朋友討論怎麼會被一個年紀大、（聽說）長相也很普通的女人搶走男友，實在太失面子惹。友人意味深長的說，她在床上一定有過人之處，我說所以過年不用買春聯蠟燭不用嘴巴吹喝海尼根也不必去廚房拿開瓶器是吧，我輸了我輸了。現在回想起這件事終於了解，敝人得不到幸福一定是因為口業造太多了。

回到電影上（跳一下）。

戲裡比較讓我喜歡的是一對男同志情侶，雖然戲份很少但有他們的橋段我都很想笑，看完後還試圖跟別人討論他們是誰因為很面善，然後大家一副天哪我是外星人的表情跟我說那是叉叉叉和圈圈圈啊～演＊＊＊和＃＃＃的叉叉叉

和圈圈圈啊（以上全為原文發音，我整個很茫然其實）。
電影圈的人講話真是很難懂，為了不要太跌股我虛應了一
下假裝我瞭，其實心裡想的是：老子這麼不會認人連斯蓉
和增心梅都不會分，哪可能認識阿豆仔啊！
回家立馬估了一下，發現這兩人還真有名，重點是我還都
喜歡過他們！走筆至此我要先跟超人的女友露薏絲說一聲
SORRY，當年我曾笑她男友戴個眼鏡額頭上少了個勾就
認不出真是一個很瞎的女人，現在看來我也沒比她好多少
啊。歪果忍真的都長得很像，而且換一套衣服之後連臉看
起來都不一樣了，真的很玄啊……

VOCABULARY

跌股〔Die Gu〕
丟臉。
例句：再跌股票都要
拿來包油條了。

阿豆仔〔A Dou Zai〕
外國人，台語發音。
例句：為何有時說歪果忍
有時說阿豆仔，
我這人標準何在？

宅女小紅跡界姿勢佳   107

壯陽廣告的廣告

某個星期六深夜，本人閒來無事亂換台換到比較後面，本來是想看看蓬萊綜合台的下體舞開始跳了沒，結果看到它隔壁的台灣藝術台在播壯陽藥廣告，登時被吸了進去。

怪的是，該台把廣告弄得像節目一樣很長很長，然後播到一半還會進廣告（？）。

壯陽廣告的廣告都是色情電話廣告，有人怪腔怪調的叫大家去打電話，有各式各樣的辣妹陪你聊天。為什麼說各式各樣咧，因為有家事繁忙的人妻及檳榔西施及三姊妹甚至還有辣妹神算，總之現在的色情電話不單是純聊天，電話女郎都要有身份才行。

辣妹神算是模仿算命節目，一個老師在前面接電話兩個女生在後面翻書查資料，不同的是她們都是穿著內衣褲在解惑。三姊妹則是標榜打電話進來可以選大姊二姊或妹妹，廣告內容是二姊和妹妹一個趴在床上聽音樂、一個坐在旁邊看書，大姊背對著大家在蠕動身體，（有點像我的居家生活，不過我大姊不會蠕動，而且她們三個又是只穿內衣褲！）電話響了妹妹說「姊～有妳電話」，大姊就停止了蠕動接過電話這樣。

好煩哦，如果我姊敢醬穿著不辣甲和丁字褲在我前面一直扭，我一定會大義滅親的啊！

小廣告完是大廣告時間，不得不說這是近年來讓我很激賞的廣告，場景變來變去堪稱大製作，奧斯卡如果有壯陽類它應該會入圍。

一開始是一段狀況劇，工地裡有個人在跟他的兩個同事訴他晚上舉不起的苦，其中一個跟他介紹了這款藥，另一個說他也有吃效果如何如何，然後從口袋裡拿出一盒，最後還下了個結論：以後你每天都嚇嚇叫強強滾。於是不舉男立馬丟下工作一刻也不耽擱的走惹。不知道我家在施工時

師父們有沒有醬，早知道就留在家監工，好想一起聊啊！
（滾來滾去）

然後廣告訪問了一些路人，有個司機大哥說「可以凍很多天」，（醬走路不會卡卡的嗎……）老人也一直強調「吃了以後會持續好幾天」，（聽起來真的很矮油，男生真的需要凍這麼久嗎……）之後還有業務員和小吃店主和賣魚的，最後畫面切成九宮格大家聯合推薦。路邊訪問完後開始玩隱喻，例如一堆馬在水上狂奔，還有嘿秀嘿秀的划龍舟等等。

以上都是拍給男人看的MAN'S TALK類，接下來還有一段是拍給女人看的。有兩個太太在談老公晚上不那個，太太甲說自從生了小孩後老公從一週一次變成一年四次等等（奇怪為什麼不是三次？反正四次都夠少惹又很難記，如果跟三節獎金一起發放起碼不會記錯日子），太太乙說她老公本來也是醬，自從她用那款壯陽藥餵食老公後，老公每晚頂摳口之類的，太太甲又說難怪妳最近笑吟吟氣色都變好惹不啦不啦。

奇怪惹，常那個氣色會變好嗎？如果是真的話，我很憂心再空窗下去我會變成包青天吧。還有，本人想幫中年婦女平反一下，我覺得太太們平常根本不會講這些，還比較常聽到已婚婦女不想被老公碰的故事。這些都是不舉男的心魔，其實家用有給就好，太太根本沒在管先生那裡的死活。

太太篇結束又來一個床上篇，先是一個格子睡衣男在摸自己的老二，整個快要飆出褲襠了不酥湖啊不酥湖；然後來了一個女生也摸了那尊老二，感覺像在摸鄰居小弟弟的頭那樣不酥湖啊不酥湖。接下來換了一對主角，這組採用的是誇飾法，誇張到讓我研判該男在胯下養了一隻花栗鼠，

VOCABULARY

凍〔Dong〕
撐，台語發音。
例句：好吃的好吃的凍凍果……

頂摳口〔Ding Kou Kou〕
硬梆梆，台語發音。
例句：大腿怪肉頂摳口，
國軍缺坦克時應該會徵召我吧。

立在那超～大一隻。（也不知為何會想到牠，可能是因為牠老站著，形狀很像⋯⋯）女主角超驚喜的，然後用笑咪咪倒在男生懷裡收尾。

最後，除了再次強調我們女生沒有這麼膚淺，不會因為這種事開心成醬，順便跟大家說明一下，看完壯陽廣告的隔天清晨六點我就出門打羽毛球了。撇開一小部份低俗的靈魂偶爾會燃燒一下，本人也是一個陽光好女孩兒的，想追求我的企業家第二代不要卻步啊啊啊～

$\rightarrow$

嫉腳皮如仇的腳皮剋星
丟系哇奔郎啦～（露乳溝了，羞）

移動式人體置物櫃

昨天看到一個新聞：一對男女涉嫌以肛門運毒赴日，未料，男子在機場就因毒品包裝破裂導致身體不適，送醫後七孔出血暴斃，同行女子在日本被警方逮捕，從肛門起出安非他命兩百四十公克。

本來因為事件裡有人往生我比較不好意思談論，可是有肛門（登楞～），而且是塞東西入肛門（登楞～～）！之前我也看過類似的新聞，大意是有個男的利用肛門運毒，運一次可得十五萬元，總重三百六十三公克，數量之大破了歷年來的紀錄，估計可供五千多人施用！那時只覺得太好笑了，可以塞進拿模多東西真是太拉風，感覺他的肛門快要比我的PORTER包大了，搞不好他出去過夜都不用帶包袱，換洗衣物直接裝在肛門裡就好了。

現在看到有人暴斃，覺得事態頗嚴重。上帝造人時，每個器官都有它負責的事情（好像只有闌尾是個廢柴，終日無所事事專門拿來發炎），總之肛門就不是用來放東西的，為什麼大家要把它當一個運輸工具捏？

我估狗了一下，看看歷史上的今天大家都把什麼東西放在肛門裡，得到結果如下：

【軟式棒球】私以為塞圓的東西很蠢，畢竟不好取出啊！
【手機】我記得小時候有段時間很流行塞手機入下體，最熱門的是一支NOKIA的跳舞機的樣子，據說它不但會抖還會自轉，那陣子醫生在人體內取出的手機十支有八支是它！
【醬油瓶】應該不是COSTCO賣的那種兩萬C.C.的吧？！
【卡蒂亞婚戒】是傭人偷雇主的，我覺得如果硬要用肛門偷東西的話，鍊錶應該合適些，感覺可以綁一條線在釦環上，之後拉出一整支錶這樣。

VOCABULARY

捏〔Nie〕
「呢」的變音。
例句：我的腰捏～
怎麼找不到了？！

拿模〔Na Mo〕
「那麼」的變音。
例如：拿模，我們以後
再也不去XX書店惹～

【鰻魚】而且是活的！！該男堅稱他是和鰻魚一起泡澡時，牠淘氣溜進去的。虐待動物這件事我很不尷意，鰻魚如果活著回家應該自我感覺很不良好，後半輩子都要去做心理治療惹！

其實亂塞東西進肛門是件很危險的事來著，因為那好像是大家要去內臟的入口（這是我個人臆測），就像看到檳榔攤高速公路就不遠了這樣。不然為什麼小孩生病醫生會說在肛門塞藥好得最快呢？可見要是對月工做了什麼，會最快傳到體內，請大家不要再傻傻的把東西往裡面放了，會死的會死的啊～～～
說到這，我想到有一個女性友人之前因為痘痘橫行去就醫，醫生拿了藥給她，說要馬上見效就要（停頓）

塞・肛・門（登楞～～～）

我們一般良家婦女聽到這個應該都嚇傻了吧。友人戰戰兢兢的問醫生做這件事有什麼注意事項，醫生淡淡的說：「塞完記得要洗手。」這件事總能點到我笑穴啊～（現在又想笑惹）
另外，之前有朋友一直想懷孕沒懷成，去給中醫診斷。中醫說她脊椎最後一節彎了會怎樣怎樣，就跟她老公說以後在那個前先伸手進肛門，找到脊椎的那節把它喬回來就好，還叫他要幫手戴一個保叉套可以滑滑的一路滑進去，幾次下來她就真的懷孕了很神奇。可是要是我剛被喬完應該會心情差到只想待在暗房裡，大概沒什麼心情那個吧。很不喜歡那裡被人闖進去啊～
不知不覺說了好多肛門的事，真是不好意溼，最後跟大家

尷意〔Ga Yi〕
喜歡，台語發音。
例句：黃飛鴻很尷意十三姨。

月工〔Yue Gong〕
肛門。
例句：太常吃麻辣
月工會長繭喔～

宅女小紅跨界姿勢佳

113

分享一下穿超級高跟鞋上班的心得緩和一下情緒（其實是想聊聊我的鞋～羞）。

我失心瘋買了一雙超級無敵細跟高跟鞋，這輩子還沒穿過跟這麼細又這麼穩的鞋，如果在鐵達尼上應該可以敲碎冰山救傑克了。第一天穿整個如履薄冰，因為真的很高，摔跤的話就像從樓中樓的二樓跌下來吧我猜。結果上了公車沒位子坐（平常都有的），到站後車子還停很遠（平常不會的），走著走著竟然遇到一個店家往騎樓潑肥皂水！（我開始懷疑附近有隱藏攝影機惹），真的太倒楣了，是不是有人嫉妒我腿長啊～～～

→

出門閒晃，
經過公園，看到年輕媽媽
手推一個肚裡一個，
敝人是不是也該著床了呢……
萬事俱備只欠男人柳（搥牆）

ONE DAY OF
JHAI NYU

HOURS

14

MINUTES

09

陰囊跟肛門差不多隔了兩條街

有天老頭神神祕祕的打給我，說蘋果日報某版有我會關注的新聞。我立馬起身撥開前面的同事找到了那張報紙，上面印著斗大的「男玩大怒神後陰囊脹痛」字樣，哦哦～老頭果然是我的好朋友。

新聞大意是有個男大學生去六福村，玩完自由落體大怒神後左側睪丸一直隱隱作痛，本來不以為意，痛了一個月後有天洗澡發現睪丸左側青筋暴露，像蚯蚓爬在皮膚上，他趕緊去就醫，才診斷出罹患陰囊精索靜脈曲張。

老頭對「痛了一個月後赫見左側陰囊青筋暴露，宛如多條蚯蚓爬在皮膚上」這件事很有感覺，跟我縮：「蚯蚓耶～」我則對於男子在洗澡時可以檢查到痣己的陰囊這件事非常的不解。我一直覺得該物長在身體正下方，跟子宮頸的門口長在差不多的位置（不知為何我無法大方的說出＊道字眼，太害羞太害羞了），而且前面還有一根或大或小的柱子擋著，像淘氣的女孩兒會躲在樹後面、時不時的探頭出來跟男友縮來抓我呀來抓我呀那樣……好像扯遠了，反正我以為正常人類是看不見自己陰囊的。

我向老頭提出疑問，老頭縮：「不會啊，那玩意兒雖然不是沒事就看得到的，但想看也不會那麼難。」這時好奇的同學又舉手發問惹：「可素它不是在肛門隔壁嗎，你看不到肛門應該也看不到它吧？」老頭縮：「諾諾諾～陰囊跟肛門差不多隔了兩條街，有忠孝東路到信義路那麼遠。」這真是我今年聽到最寶貴的知識，在此分享給大家。

搞清楚這件事之後，終於可以安心的研究新聞內容。原來大怒神這麼危險，幸好我本來也很怕它。因為它很壞，升到最頂端時會停一陣子，這時我就會幻想頭髮太長卡到頂上，一掉下來頭皮被掀開，然後腿就軟了。

每次去六福村，我都希望遇到大怒神維修日免得朋友約我

VOCABULARY

諾諾諾〔Nuo Nuo Nuo〕
「NO NO NO」的音譯，
連講三次是為了加強語氣。
例句：諾諾諾（搖食指），
空虛的野獸，
你不可以傷害身邊的人。

去坐。還記得第一次是我堂弟叫我陪他去玩，他從米國回來我怎麼忍心拒絕他，坐了一次後覺得魂還在上面沒跟肉身一起下來，溫蒂姊問我感覺如何，我說太可怕了簡直就是地獄遊記啊。她說：「那麼可怕哦，那我要不要坐坐看。妳陪我坐好不好？」於是本人又去坐了一次。馬的！耳根怎麼會這麼軟啊……（好像又扯遠了）

回到新聞上。那個的上面爬滿青筋，看起來不知道像什麼？印象中它很軟爛一副窩囊樣，一個廢柴爆出青筋情緒真的太複雜了啊，好想看好想看哪～～（滾來滾去）

最後，因為結尾不易，就提醒大家多注意身體健康好了。
（←草率的收尾）

無限延長的哀傷地獄

我每天等啊等又等啊等，在陽台上一直來回踱步張望著，還威脅縮再不來就要去報警了……終於！姨媽她老人家來報到惹！！

上禮拜一直身體不素喜還常胃痛，年紀一大經前症候群超嚴重的，而且時間會一直提前、拉長。小時候可能是來前兩三天特別憂鬱，現在約莫是一兩個星期前就開始陷入哀傷的地獄，加上來的那一個星期，人生中快樂的日子變得很短。

之前聽朋友說她在快來的前幾天會莫名的哭泣，步入中年後我開始能體會她的心情。我的姨媽天生愛遲到，差不多是三十幾天來一次，但有一陣子不知怎的，她超級準時二十八天就會來敲門，後來還提前到二十六天甚至二十五天，從慢郎中變成了急性子。

有一次我跟溫蒂姊討論了這個現象，她很正色的告訴我年紀大了都是這樣的。她說月經不是子宮內膜脫落什麼鬼的嗎（←這只是大意，我這人聽事情一向聽不完全），人一旦年紀大了內膜就晃晃悠悠抓不穩了（內膜也會手軟就是惹），一抓不穩就會提前掉下來。

由於她說得很嚴肅我就相信了，而且內心深處還很擔心我再繼續老下去姨媽會十八天來一次，那一年就會來個十七、八次，加上經前的憂鬱拉長，醬下去豈不是到更年期那天敝人才能再展歡顏？！好險那陣子只是姨媽發神經，後來又恢復慣性遲到了。

後來跟友人講起這件事，他說妳家是不是盛產愚婦？真是一個無情的結論。

不過，內心深處不免懷疑，會不會是咱們家的祖墳風水真的出了點問題，需不需要請大師來看一看，我家愚婦的比重好像確實多了點縮……

VOCABULARY

素喜〔Su Si〕
舒服，台語發音。
例句：不穿奶罩很素喜，但奶會掉到腰上。

關心自己從關心下體開始

有天下午休假，辦完該辦的事兒後，想說既然沒事就去做個子宮頸抹片好惹。畢竟我年過三十連一次都沒去過好像不太好，志玲姊接會對我很失望的。更何況之前膀胱炎我連泌尿科都去了，現在膽子大得很，下半身給人看免驚的，於是乎就在家附近隨便找了一間看起來OK的婦科進去讓他抹一下。

掛好號進去，醫生先問我一些跟懷孕有關的問題，比如有沒有懷孕、以前有沒有流產過等等等，我還以為抹片只要進去被抹一下而已咧。問完後被領到一個小房間，有一張旁邊附了架子的床，護士說要脫了乃口把腳架上去。天哪～真是太害羞惹，回想上次把腿張開是……唉～好遙遠的回憶柳（煙），要我在陌生人面前做這種動作還真是心慌。

躺好後，醫生進來我又羞了起來，不知道我的下體在下體界算起來稱不稱頭，醫生有沒有悶哼一聲嫌它難登大雅之堂……被抹的感覺真的很怪，其實比較像被刮一下，醫生邊抹還要邊評論，時不時的對著我的下體講話，事後我都不敢跟他四目交接，不想讓醫生把我的下體跟臉對上。

但這些都不是重點，重點是下了床後護士跟我說：「妳臉好小唷。」我正覺得她很會抓重點，想把這間醫院定為奧林匹克指定抹片診所時，她立刻又接著說：「跟妳的腿比起來。」

干！我被男醫生看下面已經很沮喪了，她還要捅我一刀，老子決定封殺這間診所一世人！！

【補充】提醒女性同胞們，記得抽空去六分鐘護一生，有抹有保庇哦～

剪會陰啊簡惠英

在下對於生產這件事一直很敬畏，因為國中時有一位女老師去生小孩，生完回來，花了一堂課的時間跟大家講解生產流程。

我對於醫生會用剪刀從陰道口剪到肛門這件事非常膽寒，剛聽到的摸們應該有失智一陣子，真是太可怕了啊～～～而且據說不會麻醉，就醬硬生生的剪下去。然而，老師說不會痛，因為——生·產·的·痛·更·痛！（登楞～）

以前江湖上就有在傳，說生小孩跟被卡車撞差不多痛，不知道是誰傳出來的，感覺她兩樣都經歷過，那她的人生真是太坎坷了，我快要為她掬出三把同情淚了呀！

回到不麻醉剪會陰這件事上（跳一下）。

畢竟國中老師所說的是十五年前的事惹，為了知道醫生會不會隨著時代進步，用更人道的方式對待產婦，我上奇摩知識查了一下。

是的，在下對於（下體）知識就是如此這般的追根究柢啊～（扶眼鏡）

原來現在已經可以麻醉了，不過麻醉針好像打在＊唇上，（登楞～）看得我背脊又涼了起來。而且產婦們普遍覺得不痛，因為陣痛會讓她們忘記人世間的煩惱，媽媽們真是世上最偉大的生物啊（一鞠躬）。還有，生完後要再把那邊縫起來，光想到一個無法通風和保持乾燥的地方有個傷口，我整個人就坐立難安惹。愚婦如我很愛讓傷口曬太陽，總覺得這樣一定很殺菌，如果該處有傷，應該無法按捺的想要定時去陽台做朝天一字馬，然後一劈傷口又裂開……窩的馬呀真是太痛了，這個幻想可能要就此打住，再想下去我就要過奈何橋了。

由於一直情不自禁的想著剪會陰這件事，導致＊道口以南月工處以北那一小塊地一直涼涼的，晚上洗澡時偷偷撫摸

VOCABULARY

窩的馬呀〔Wo Di Ma Ya〕
「我的媽呀」的變音，
通常表示驚訝。
例句：窩的馬呀～
連窩的馬呀都要造句，
真是太生氣了呀！

了一下，想不通它招誰惹誰了，為什麼遭受命運之神如此
無情的對待。

有一個朋友是婦產科的實習醫生，有天我們相聚海產攤，
我順口問了他有關剪會陰的事，沒想到準醫生很正色的
說：「我下午才剪了一個會陰。」窩的馬呀這就是命中注定
啊，沒想到在海產攤也能邂逅會陰，不能免俗的我又一頭
栽進這個話題。

原來江湖傳聞有誤，其實只有胎位不正的產婦才要被剪，
醫生當場示範了一下剪會陰的手勢，而且一點都不覺得這
件事不合理，彷彿會陰是身外之物，被剪是女人的天命這
樣。社會冷漠就是缺乏同理心吧，如果每個男人成年後都
要在陰囊上鑿個洞（←看起來很像在喝小小的椰子汁），
應該就會明瞭為什麼在下對剪會陰這麼看不開惹。

此時，旁邊的人悄聲問我到底是剪了誰的會陰？我說廢
話當然是醫院裡某位正在分娩的產婦的會陰啊！他說可是
實習生不是都一整排，由老醫生講解後大家分別實地操作
這樣，同一時間哪來這麼多產婦？我想想也有道理，不可
能一人去剪一小刀啊！而且在那麼危急的摸們，醫院還讓
人去實習我個人認為很驚悚柳～被實習生剪的產婦如果知
道動手的人是個生手，應該也會哀傷的唱出：世上的會陰
那樣多，你卻選中我～

還有一個可能，就是國中時有個假人叫安妮，ALWAYS休
克中讓人對她CPR，也許婦產科也有個假人叫瑪麗什麼
的，一天到晚被實習醫生剪會陰，那瑪麗的命實在太太太
苦惹，改名叫罔腰好了。

會不會又有另一個可能（想垃圾事時本人思緒特別的澎
湃），不是有些想賺錢的人會出賣肉身，讓醫療院所或實
驗室在他身上做藥物或儀器的實驗嗎，會不會也有些缺錢

VOCABULARY

罔腰〔Wang Yao〕
原意為「隨便搖搖就能長大」，
以前的人希望小孩平安成長，
常給小孩取這個名字，
台語發音。

宅女小紅胯界姿勢佳　　　　　　　　　　121

缺很大的人，出賣會陰去讓實習生練習剪了又縫剪了又縫呢？這真是一個讓人很矮油的幻想，而且想久了會異常的惆悵。

就在我們討論得如火如荼的當兒，同桌疑似在神遊的老兄問了一句話：你們在討論誰？誰是簡惠英？不瞞各位說，回家後我估狗了一下，發現叫做簡惠英的人還真不少！這個名字聽起來真是有夠痛的，老師點名時應該也會攪一下冷筍吧。

【補充】後來打聽了一下，據說咱們台灣的孕婦不管胎位正不正都會被剪，因為要是寶包生一個太大，不小心把惠英撐裂了，傷口就會更難處理。為了保險起見醫生會全剪。還有一個傳聞縮可以順便請醫生縫緊一點柳……這種話怎麼說得出口，真是讓人好生害羞啊～

VOCABULARY

寶包〔Bao Bao〕
「寶寶」的變音。
例句：再不著床，
我就快生不出小寶包惹！

→

想到著床一案悲從中來，
只好找家咖啡店
邊上網邊吃死自己
（謎之聲：吃要是會死
我怎麼活得到現在啊）

ONE DAY OF
JHAI NYU

HOURS

14

MINUTES

38

和特務J手拉手跳圈圈舞

剛去小便聽到隔壁間有人在剉賽，剉得抑揚頓挫像首交響樂，那種不平凡的噴發聲讓人直覺她昨天想必吃很雜，衝力強到我有點擔心她會被發射到外太空。

廁所小小只有三間還不太通風，立刻有種宿便味瀰漫的氛圍。要不是尿到一半騎虎難下，我應該會用手刀奔出這個人間煉獄。不過本人在害怕之餘，很想拍拍她肩膀跟她說聲好樣兒的，普通人聽到隔壁間有人都不敢拉得這麼狂野放肆，更何況還是同事？您真是生命的勇士來著！

說到拉屎，這件事雖然人人都會做，但在公共場所大家總是低調再低調，每次有同事（以男性居多）可以大方的在腋下夾著報刊晃進廁所，我都覺得他們好帶種，對他們投以愛慕的眼光。不過，那份報我是打死不會再去碰了。

既然聊到下痢，忍不住想跟大家分享一件開心事。

數年前敝人在公司廁所也聽到一陣激烈的剉賽聲，有點像是腸胃炎或吃瀉藥的那種虛脫感（說真的，在下過人的聽力可以分辨下痢的情況是哪一種，不愧是麻省下痢學院進修歸國的柳）。我照例敬佩了一下，還偷偷從門縫瞄了一眼鞋子，想猜猜她究竟是誰（不好意思，OL真的很無聊……我對不起大家）。門下是一雙普通人應該不太會穿出門的青綠色亮皮高跟鞋，於是那天我一直默默注意大家腳的生態，嚴密進行鞋子與臉孔的交叉比對。最後意外發現：該鞋的主人是我的偶像金曲歌后特務J！

哇～好開心，我覺得自己跟她的關係更進一步了，有種閨中密友的感節，結婚應該可以發帖子給她了～（和特務J手拉手跳圈圈舞）

瘦不了之一輩子的奮鬥

SHOU BU LIAO JHIH YI BEI ZIH DE FEN DOU

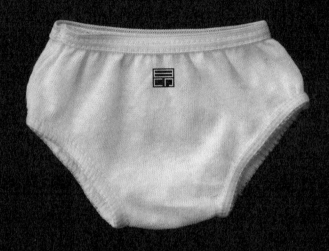

大餅臉變瓜子臉的祕密

認識我五年以上的人應該都知道，從前的我是個可悲的大餅臉，肥頭大臉人又胖，看起來像幾個孩子的媽。可現在的我脫胎換臉，下巴尖到可以鑿壁借光。不是我有養小鬼，上輩子也沒有燒好香，為了感謝大家的支持，決定要在此公開我小臉的祕密。

話說數年前我不知看了什麼電視，說打臉可以促進血液循環之類的。為了擺脫脖子上方那坨發酵的麵糰，我開始早晚各甩自己巴掌一百下。在此一定要提醒大臉的同道中人，千萬不要對自己太好，輕輕打不會有效，要用生命去打，把臉當成是殺父仇人釀的打。我每次打完臉都很紅，不過只要用力就好，萬萬不可使用輔助品，打到休克就不好了。

成效一開始不是那麼顯著，但三個月後臉真的會慢慢變小，我持續打了一年，已然變成一個臉小身體大的怪物。為了怕臉再小下去會像MIB裡的外星人，我現在都不敢打了。

【補充】突然想到有天我在房間打紅了眼，我老木跑進來問要不要幫我打，讓我開始懷疑自己不是她親生的。再者我這麼漂亮怎麼可能是眼前的歐巴尚生粗乃的，我一定是林青霞的小孩吧！

→

在廁所巧遇本人專欄（羞），
雖然沾了點尿
還是喜孜孜的簽上名。
下一個來棒賽的朋友，
你超幸運的啊啊啊～

ONE DAY OF
JHAI NYU

HOURS
15

MINUTES
52

諾貝爾腰瘦獎，得獎的是……

看到朋友公司在辦一個減肥徵文比賽，想到本人跟肥胖對抗了數十年的心路歷程覺得好悲，更悲的是我花了半輩子在減肥還是一樣胖，想要當個瘦子穿極短裙在街上晃恐怕要重新投胎才辦得到。

說到減肥這件事，我相信很多女生都試過，而我用過最老套的方法就是節食和運動。

節食其實挺有用的，只是復胖機率極高無比。數年前我有過一週的地獄節食週（似乎是為了同學會之類的），好像只有吃蘋果喝優酪乳吧。那週過得很渾噩，記憶力衰退到發生什麼事都記不得。約莫餓到第三天，我可以站在抽屜前發呆半小時，只因為忘了開抽屜是要拿什麼東西了。

雖然那時真的有瘦到，不過一恢復正常飲食登時就胖回來了，而且飢餓很讓人抓狂。溫蒂姊當時有教我一個「吃空氣止飢法」，就是餓的時候用力含一口空氣在嘴裡然後閉氣，鼻子也不要呼吸，這個時陣可以感受到空氣慢慢的滑進胃裡，胃就不會感到這麼空虛，也就沒那麼餓了。剛開始時真的覺得有用縮，尤其晚上因為很餓睡不著時。後來我吃空氣吃很兇也沒瘦，開始覺得可能是溫蒂姊想笑我蠢的一個陰謀。人在大陸待久了難免喜歡鬥爭親友，我不怪她。

再說到運動。以前本人可是亞力山大運動狂，一禮拜不去個三四次就會產生自責的情緒，像那種拳擊有氧、瑜伽或是跑步機之類的運動我都會做。不過說實在話，我加入五年好像沒有因為運動體重減輕，只是有時會長出肌肉，變成一個鐵錚錚的魔鬼筋肉人。

其實女生有肌肉也沒什麼不好，只是這麼精壯如果再搭配露奶和濃妝，看起來會很像人妖或變性人什麼的。記得有次不知要參加什麼宴會，我請睫毛達人江姊幫我畫睫毛，

達人真的很強，被她擦完我的睫毛都碰到眉毛惹。結果一照鏡子，覺得裡面那位根本就是個人妖，我都要懷疑自己其實有老二了。

寫到這大家不難發現本人這輩子減肥沒有成功過——某嗯丟～我還真的沒當過瘦子。人過中年要瘦更難了，就連腸胃炎纏身拉到月工門都破皮惹也沒掉半公斤。可悲的朵卡稱總是如影隨形的跟著我，「腰」這個器官只有在夢裡見過它。可惜沒腰不算是一種殘疾，不然我就可以去賣彩券了。

之前在發現撿角男李叉叉甩我的隔天就去睡他的（老）女上師時，本人有嚇到暴瘦四公斤，真是人生中的黃金時期（遠目）。依稀記得那天穿上裙子後覺得身材比例休誇怪怪，研究半天原來是我瘦了所以裙子往下搭然後腿就變短的緣故。那時很肯定李叉叉對腰瘦界的貢獻，很想頒給他諾貝爾腰瘦獎。可惜時間一久本人的腰又走失惹，得而復失導致自我感覺很不良好，比發現相親相愛的男友劈腿感節更糟兩百倍。

李叉叉～方便的話請回到我身邊多甩我兩次吧。醬我明年夏天就能穿著極小比基尼，手持白紗，像吃了撒尿牛丸般在沙灘盡情奔跑惹！

——推開實驗室大門——
實驗證明，被甩比去菲夢溼瘦身效果更加卓越。
姊妹們～男人不用看太緊，放他們去茶水間偷偷摸摸吧！

VOCABULARY

某嗯丟〔Mou En Diou〕
沒有錯，台語發音。
例句：超人把眼鏡戴上縮：
「某嗯丟，我就是克拉克。」

朵卡稱〔Duo Ka Cheng〕
大屁股，台語發音。
例句：朵卡稱不是病，
朵起來要人命。

撿角〔Jian Jiao〕
沒用，台語發音。
例句：三十四歲了
連著床也沒機會，
我是一個撿角的女人啊～
（淚光閃閃）

肚子比奶大的里程碑

最近在幫衣服換季，邊換邊試穿看看哪些是可以淘汰的。
穿上短袖後，發現過了一個冬天我的手臂就像雨後春筍般
冒了粗乃，聽起來像千手觀音，無奈的是敝人的肉都長在
同一隻手臂上，可想而知那有多驚人……（搥牆←牆都被
我搥塌了）。以前我只要助跑一下就能起飛，現在好像連
助跑都免惹，拍拍翅膀我就能飛上青天～上青天～～（自
暴自棄唱起歌來），在下真是拳養手臂達人哪（撥瀏海）。
最近常提醒自己手要叉腰別讓上臂貼著身體，不然上臂和
副乳和正乳連成一氣會顯得我整個人就是一個肉包，真的
不知道未來的人生該怎麼走下去。正要去關窗開瓦斯的摸
們，想到上次朋友送我一罐減肥霜聽說很有用，我決定
再給自己一次機會，連續使用三十天，看看手臂會不會變
回正常人的樣子。這個特企就叫做翩翩計劃。（向蝴蝶袖
致敬！）
老實說我這人耳朵有點硬，一向不相信擦在身上的東西會
有減肥效果。之前偷擦過溫蒂姊買的減肥霜，一條紅紅的
上面畫有辣椒，意思是擦了會發熱什麼的。那個很神，真
的讓我全身熱了起來（揉身體），連擦兩天會無時無刻不
發熱，到了洗熱水澡會像火燒的地步。我每天忍受著被火
紋身的痛苦，結果也沒纖細一點。
最近不知怎的小腹也學壞了一直蓬勃發展，即使刻意少吃
也不會消，常會無恥的頂到前面的人，人生正式走入了
一個肚子比奶大的里程碑，深深感受到身為中年人的無
奈啊～
之前的男朋友常常一到夏天就自動沒胃口，會憂心忡忡的
跟我說怎麼辦我最近都吃不下東西瘦了三公斤耶（顯示為
捏碎玻璃杯）。上次看到某作家的文章，她說常常熬夜趕
稿一天只吃一餐之類的，瘦到都不敢量體重了（顯示為捏

碎滑鼠）。為什麼人家的命都這麼好？上輩子應該是做了什麼好事吧。我也常熬夜趕稿啊，但是根據我的經驗，熬夜時飢餓感會反撲，常常失心瘋發作一回神才發現剛吃掉了一條高速公路。

以前姊接常叫我去當代理孕母開創事業第二春，反正我天天都像坐月子婦女沒什麼差，想起來不禁讓人感嘆：胖子活得好沒尊嚴哪！！

快把孩子抱來～～～我要去奶孩子了～～～嗚嗚～～～

（自暴自棄AGAIN）

姊姊妹妹胖起來！

昨天上班的公車上看到一個女學生長得很像白雲，身材應該也類似，反正就是高大粗壯型。我無法克制自己，眼神一直往她身上飄，想再三的確認這一切不是我在做噩夢。剛好女白雲留了一個羽毛剪，印象中老派的紅頂藝人或男扮女裝者都喜歡蓄羽毛頭（我研判是因為羽毛剪可以往臉上延伸，剛好遮住腮幫這樣），我就更覺得案情不單純了。但這不是重點（注意！此篇是有重點的），重點是女白雲穿了改良過的百褶裙，長度短短的約莫在大腿中段，是日本可愛女學生最吸引色老伯的裙長。剛好她坐在公車後半段的第一排，站在車子前半部的人一回頭就可以看見她裙子裡面。

但這又不是重點（醬有沒有讓人心癢癢），重點是她腿開開的還是看不見內褲，因為大腿太太太粗了啊～～

原來腿粗是這麼讓人安心的一件事啊，我再也不用擔心在公車上被人看乃口，睡覺時還要緊夾著腿睡都不安穩惹。這麼說來肚子大也是一件讓人倍感幸福的事兒，我有個朋友因為最近發福了，肚子突然轟的一聲冒粗乃，在上班時間擁擠的公車上被帥哥注意到，進而讓座位給她，展開一段以誤認對方是孕婦為前提的邂逅。

還有，粗手臂其實也是上天賜與人類最珍貴的事物，因為前兩天在下看到購物台在賣機能型內衣，主持人繪聲繪影的說，上臂的肉其實都是乳房來著，只要有心，從手肘開始一直推推推擠擠，把肉都擠向胸部，擠久了手臂就變奶子惹！我承認這有點扯啦，但購物台的媽抖一擠，手還真的細了點，然後……然後就爆乳了啊！！（心情激動不已）

至於腰內肉這個東西，本人暫時想不到任何它的好處。不過在日式炸豬排店裡，腰內肉一向是我最愛的食物就

VOCABULARY

媽抖〔Ma Dou〕
「MODEL」的音譯，模特兒。
例句：媽抖們都很瘦，
應該是上輩子有做好事吧。

是惹。

剛測量了一下，在下的兩個膝蓋打開最大可以到三十公分時，大腿肉還是緊黏在一起，根本可以算是滴水不漏，敵人完全無法滲透啊！前半輩子不知在擔心什麼，在公車上都無法放鬆，浪費很多力氣在夾大腿。以前只會怪它，覺得普通裙子被我穿成蓬蓬裙都是它害的，有時走著走著還被朋友戳大腿，因為對方想確認那邊鼓鼓的是裙子的問題還是我的大腿怪肉（他們戳到是實心的，還會當著我的面做出驚訝狀）。現在才知大腿肉真好用，我決定好好愛惜它們。

發現了這麼多粗腿的妙用，忍不住跟大家分享一下。這件事太振奮（胖）人心了，一定要寫下來告訴普天下的粗腿姊妹。果然任何事都有光明面的啊～

用屁股跟大家交心

那天穿著很短的小圓裙坐公車，即將下車時零錢掉了，我站在車前想都沒想的就直接彎腰去撿（←是的！我骨頭沒很硬，不彎膝蓋只彎腰是可以碰到地的）。邊撿邊覺得屁股一涼，才發現全車都看到我的卡稱惹。馬的真是太糗。不幸中的大幸是敝人卡稱很不稱頭，我只能說看到的人算他們倒楣。

講到大屁股，我想順便跟大家分享一下大屁股人穿衣的禁忌。有陣子不是流行那種軟質民俗風大圓裙嗎，朵卡稱的女孩兒看到，一定像我那時一樣開心吧。因為我們裙子不太好買，路邊的幾乎都穿不上，難得看到這麼大條的裙子當然全身都熱了起來。

但是（停頓），姊接提醒大家千萬不能穿不能穿，因為它會讓我們的下半身看起來像一個大水缸。有一次我不小心買了一條，我姊立刻恐嚇我說司馬光會來把我打破。

對了，不知大家有沒有看過市場或夜市在賣的歐巴尚內褲，老闆為了強調多大的卡稱都裝得進去，常把乃口套在一個大水缸上。每次看到那個水缸我都好想哭，它應該才是我的親生媽媽（拍謝我離題）。總之那種裙不能治療下半身業障，大屁股人千萬別去碰它，嗯湯啊嗯湯～

最後再跟大家分享一個卡稱的小故事。某次我家家庭聚會我遲到了，那天是在國軍英雄館的某廳，我爺爺追著一個屁股豪～～～大的女服務生一直叫我名字，我大姊在旁邊笑壞了，我一到她就迫不及待的告訴我這個感人的小故事。我大姊對我真的很好，幸好她嫁去米國惹，因為自從我生命中出現惹李叉叉劈腿去睡（老）女上師事件後，性情變得比較乖戾，我姊一定會被我殺掉埋在後院的！

寫完後發現這篇變成卡稱大會串，用屁股跟大家交心的感覺真害羞啊～（扭捏貌）

→

俗話說：
關心自己從關心下體開始，
沒事去抹個片好了。
但這診所好老舊，
好怕被抓去墮胎呀～（抖）

ONE DAY OF
JHAI NYU

HOURS

16

MINUTES

04

我的筋快樂的唱著歌

因為腰痛難耐，昨天下班飆去找整筋大師黃媽媽整一下。說到黃媽她真是我命中的大恩人，想當初本人被李叉叉尬（老）女上師事件嚇到一個多月都無法自行入睡，只能靠精神科藥物和灌醉自己才能勉強睡一下下，都是靠她的妙手讓我變回正常人。要不是黃媽媽，敝人現在可能已經因為在李叉叉家門口焚燒機車被抓去關了吧。所以那時我有發誓，不管多窮，每週都要去光顧一下。

整筋是一件很痛的事。她是用一個不知名的器具來把很硬的筋推開，我已經算是正常人中不太怕痛的了，但它還是能讓我痛出淚來。因為本人下半身業障重的關係，黃媽媽總是燃燒她的生命在按壓我的腿。那真的夭壽痛，我想被卡車撞後拖行十公尺再被黑衣人抓去暗巷打一頓然後一邊羊水破了開始分娩的痛也不過如此吧。（這人會不會太坎坷了？）

我常痛到抓著床腳一直哎哎叫，黃媽也不放心上，更怪的是她會一邊做一邊貼心的跟我說：「覺得痛要講哦～我會輕一點。」但本人都哎出淚來了，她下手還是不會留情面，就這點來縮我實在太欣賞她惹。

上禮拜黃媽有拿出慈母心，一邊推著我的腿一邊大嘆：「妳這是招誰惹誰了，怎麼腿會這麼粗？」「招誰惹誰」這詞下得真好，我要送黃媽媽一個大拇指。

最近她沉醉於整我的手臂，可能常打字的關係，黃媽說我手臂硬得不像話。被她推過後手臂好像真的鬆了點兒，現在會晃來晃去惹。（好像不是件好事就是了……）不過上臂總是被整得青一塊紫一塊，很像有在跟馬景濤交往被他抓著手臂用力搖晃的感覺。突然想到馬先生額頭上的青筋，怎麼好像很久沒見到他了，好懷念他激動的樣子哦，希望他能發狂的喊出：「我的空虛是一頭野獸，會傷害身邊

的人啊～」

總之昨天整完筋後，腰痛就離開我了，本人又是一條活龍，回家還快樂的做了蛙人操慶祝。

每次整完筋都覺得歸身軀<u>糾輕鬆</u>，覺都睡得特別好。而且每次去整完隔天都拉很多，感覺腸壁上的陳年宿便都一掃而空清爽極了。敝人今早就是被強烈的便意逼醒的，嚴重懷疑我有大出兩公斤，出門輕盈的彈跳著邊走還邊哼歌呢，啦啦啦～

最後不能免俗的要為黃媽媽輕輕唱首歌。不過大家請不要問我她在哪兒，我很怕她生意太好我以後約不到啊啊啊～

VOCABULARY

糾輕鬆〔Jiou Cing Song〕
非常輕鬆，台語發音。
例句：早上大完便，
整個人糾輕鬆～（長裙旋轉）

與陌生男子該冰最近的距離

敝人這幾天深為上背部痠痛所苦，可是推背達人黃媽媽好像出遠門了，電話都沒人接。但我這是急診，沒辦法只好找我老木推薦的一位蕭老師整一下我的背（話說回來我幹嘛在這跟黃媽解釋，她又不會看到）。

昨天下班後我按照老木給的地址找到蕭老師，那是一家隱身在民宅中的國術館，環境休誇怪怪，感覺是會說出「施主妳下半身業障很重，可能有必要行陰陽調合之術」的那種所在。裡面只有蕭先生一人，看了有點心裡發毛，而且事前聽縮要脫衣服推背，不幸中的大幸是蕭先很瘦，我看他九成九打不過我。

老師先叫我坐在按摩台上，聽了一下我的症狀，然後按了一下我的背和頸椎，跟我說我脊椎某一節有點彎，問我要不要刮痧。好嗨唷～我長這麼大還沒刮過痧，感節很促咪（其實我真正想做的是拔罐，總覺得被拔完罐後，鬱結會一掃而空）。

房間掛了很多睡衣，像《功夫》一片裡包租公的戲服那種。我挑了一件反著穿，沒穿奶罩露出整片背其實有點差，因為敝人有外擴的老症頭，總疑心如果手臂沒夾緊從背後也會被看見乳首。換好衣服後我趴在按摩台上，老師先對我的下半身發表了一些殘酷的言論，小柏老師聽到可能都會淚奔的那種。內容我不願再回想，不外是一些「怎麼會變這樣？」「不好好處理以後會越長越大！」之類的，最後我的巴底還老師被下了一個標：「跋菜上半身水水ㄟ，下半身哪ㄟ安捏……」

終於他開始刮了，原來刮痧並不痛，可能是有抹油的關係。刮完後他說想幫我喬一下下半身，蕭老師是從頭到腳在關心人類的健康的。他東轉一下西轉一下，有時還會用桿麵棍之類的東西桿一下我的腿，最後拿出了一個很大的

跋菜〔Bo Cai〕
可惜，台語發音。
例句：難得颱風，
竟然是週日，很跋菜。

水水ㄟ〔Shuei Shuei E〕
美美的，台語發音。
例句：鳳梨看起來水水ㄟ，
不吃對不起父母。

哪ㄟ安捏〔Na E An Nie〕
怎麼會這樣，台語發音。
例句：漏接了金城武的電話！
哪ㄟ安捏？（搥牆）

→

明明拜過很多次
還是沒有如意郎君，
月老你是不是吃案啊，
請快受理我的案子課以嗎！

ONE DAY OF
JHAI NYU

HOURS

16

MINUTES

37

槌子說要整一下骨。（這大槌子讓我想到城市獵人，我是不是很老派？）他叫我跪在台子上屁股翹高，手撐著下巴呈現裝可愛動作，然後跳上台子站在我屁股後方（←這個動作被人看見我真的不想活惹）用大槌子搥我骨盆，有點痛又不會太痛，而且這件事太詭異惹，害我笑個不停。

一路上我們都聊得很來勁兒，老師還告訴我他對治療痔瘡相當有自信。認識我的人都知道我有接話強迫症，絕不允許話題在我這斷掉，所以我問了他內痔外痔都有效嗎，（說真的我一點都不想知道柳……）老師回我只要沒開刀，內痔外痔都見效，只有一種簍管的他比較沒法解決。聽起來好神，有痔瘡困擾的朋友一定要去試試。

最後老師用喬脖子做一個完美的ENDING。他讓我躺著，自己的一隻腿抬上按摩台，把我的頭枕在他大腿內側開始轉我脖子。這是我跟陌生男人的該冰最近的距離，我決定把八月五號定為該冰紀念日。

最後來個心靈雞湯。

其實我以前身體很健康，根本不懂痠痛二字怎麼寫，一直到李叉叉移情別戀一案發生。剛被甩的那一個月完全無法入睡，要靠吃藥或灌醉自己才睡得著，之後就常這痛那痛毛病忒多。之前也聽說過朋友失戀後哭太兇結果怎樣怎樣的故事（拍謝我真的忘了是怎樣，總之也得了某種無法根治的毛病），現在想想為了個不愛自己的王八蛋搞壞身體真是太倒楣惹，我在家傷心難過背痛不已時，對方可能正在跟（老）上師這個和那個，甚至連＊＊和＃＃都做惹！（拍謝我離題）早知道就去跑操場十圈，身體健康又能睡個好覺。

失戀的朋友們請加油認真的生活吧，把自己照顧好才有機會遇到更好的人啊（握拳）！

為什麼不能天天扇班

WEI SHE MO BU NENG TIAN TIAN SHAN BAN

我是透明的，我是灰色的

可能是因為大樂透摃龜了很多期吧，這幾天彩券行門口的人比SOGO週年慶還要多很多，昨天敝公司也不能免俗的有一股彩券熱在騷動著。這個時陣大家都會想到那個「一枝筷子很好折，一把筷子折不斷」的民間勵志故事，全公司的向心力都被凝聚起來，AV8D集資合買，團結就是力量。

逼哀的是因為敝人在下我平常很少認真在跟同事發展人際關係（換成世俗的語言就是我人緣不好，很不好！），都沒有人來問我要不要一起買。即使人來人往大家休揪在買，經過附近時我都會用熱切的眼神給他看過去，還是沒人注意到我和我手心滾燙的五十元銅板，心酸的本人只好在角落冷冷的看著大家收錢登記討論做著發財夢。

說到這，在公司人緣不好真的很吃虧柳。

大家都知道，OL最愛團購名產了，有時是芋頭蛋糕有時是什麼澎湖小魚辣椒。團購的東西有個特色，就是老子就算有錢也未必買得到，要嘛所在地很遠，要嘛一次要買一堆。就拿我的心頭好高科技泡棉來說，一次要買一大箱，一箱裡好像有一百八十袋吧，一袋裡又有十小包，這麼大量的泡棉可以把小巨蛋洗到褪色惹，我們普通人不靠團購怎麼可能有機會擁有它呢？

還有另一種團購是下午茶點心，敝人就曾眼睜睜的看著公司同事下午在吃我最愛的鮮芋仙可是沒有約我一起買（跺腳）。我明明很大一攤坐在公司內部的交通樞紐處啊，可能是我存在感太低惹，人來人往的大家都不會問我要不要到頂買。

怪只怪我平常不愛跟人打屁，難怪大家當我是透明的，做什麼事都不約我……我只好冷眼看著同事在收錢討論喜孜孜，並且把投注單掃瞄成圖檔，MAIL給每個會咖，好

VOCABULARY

到頂〔Dao Ding〕
一起，台語發音。
例句：我想跟金城武到頂。（羞）

會咖〔Huei Ka〕
「標會」是一種集資的方法，
「會咖」指的是參與的對象，
台語發音。
例句：會咖不見了家母很擔心。

讓大家能一起對獎，老娘在此遙祝他們對獎對到脫窗落目油。

然而，看著看著突然很擔心萬一真的給他們中了頭彩，大家會集體辭職公司剩我一個人忙翻天；而且一定會有新聞來訪問，還出動SNG車，前面會有一排嘜逼問我後不後悔沒跟著買⋯⋯

想著想著忍不住抖了一下，我該怎麼回答呢？有頭髮誰願意當禿子，根本沒人來問我要不要買呀！！我想，這五十塊根本不是買發財夢，是買心安的吧～

好理佳在今天早上公司一片平靜，看來沒人當上富翁，我總算放下心中的大石頭了⋯⋯

VOCABULARY

脫窗落目油
〔Tuo Chuang La Mu You〕
眼球不受控制、無法對焦，流眼淚，台語發音。
例句：眼睛脫窗落目油，難道是造太多句了？

嘜〔Mai〕
「MIC」的音譯，麥克風。
例句：拿嘜講話很害羞。

好理佳在〔Hao Li Jia Zai〕
還好，台語發音。
例句：好理佳在造句快沒了，不然我要買兇殺編輯惹～

划龍舟與麻辣鍋

端午佳節將至，本人去大佳河濱公園拍一個划龍舟的活動，從早上九點半報到，一直待到差不多三點收工。那天太陽豪～～大，而我竟然忘惹擦防曬！中年婦女醬赤裸裸的對抗烈日無異是以卵擊石，實在相當危險。

本來有聯絡到一旁的小艇要載我跟拍龍舟的，當天不知為何他們都反悔了，我只好一起上了龍舟進行拍攝工作。聽說之前有船翻惹，而我這艘剛好是一群沒划過的人組成，敝人相當心慌，後悔出門前沒有先拜一下天公。

上船後因為我是個大閒人，被分配到站在龍頭那個奪標手的位置。我一人揹著相機光腳站在船頭，船一直搖搖晃晃，不過我下盤女王可不是浪得虛名，養卡稱千日用在一時，今天敝人的下半身終於發揮專長了啊。加上這陣子不勤於磨腳板，腳底很粗抓地力超強，讓本人得以跟壁虎一樣黏在船頭。

拍了半天因為都是同一個角度覺得真沒意思，我才開始注意到在水上太陽好像特別大，我一定曬黑了。但大家都在努力划，我也不好意思撐個小洋傘，醬看起來太假掰了，跟十三姨有什麼兩樣。

但這些都不是重點（沒錯～本文其實是有重點的），重點就是本人前天晚上沒有展節的吃了麻辣鍋，不但是大辣，還跟冰交錯著吃，完全忘了隔天要去郊外工作、拉屎不便這件事。當我發現醬很不安全時，已經吃掉半鍋來不及惹。所以我早上刻意沒吃早餐也不敢多喝水，連走路都慢慢的，試圖騙腸胃我還在睡覺，請它們千萬別輕舉妄動。誰知道一拍會拍到下午，中午不過喝了一罐飲料，腸子裡就有種長江後浪推前浪的氣勢，加上太搖晃，便意整個湧上了心頭，登時滿腦子都是括約肌和菊花滿天飛。

因為忍得很努力，手臂上還起了點雞皮疙瘩。沒想到，同

VOCABULARY

展節〔Jhan Jie〕
節制、分寸，台語發音。
例句：腰內肉一直大起來，太沒展節了啊。

時間我們的超虛龍舟隊竟然快要撞上岸惹！我一回頭看見
自己離岸近到可以一腳跳上去的地步，簡直剉到極點（下
船後我才注意到因為龍頭本身有伸出來，所以就算船身還
離岸很遠，船頭的人還是會有擱淺的錯覺）。本人不知恥
的緊抓著前面那位連名字都不知道的小哥的背，一手護著
相機，感節腋下都溼惹。雖然聽到教練在指導大家巴古，
本人還是做好最壞的打算──不管怎樣先保護記憶卡，
相機落水是它的命，我溼了也不太要緊，反正很久沒溼惹
（羞），但是拍了一天的東西可不能報銷。

想了半天，我覺得把CF卡含在嘴裡是最安全的，所以一
邊用手指摳著相機上記憶卡的那扇門，一邊默默的吞口水
先清場一下，打算一出事就把記憶卡挖出來含著先，當時
忍不住對自己危機處理的能力大大的讚嘆了一下。好佳在
船上有教練，在大家的努力下我們終於漸漸遠離岸邊惹。
說真的，龍舟巴古還真帥柳。

緊張過後發現便意也嚇跑惹，今天又是愉快的一天，而我
是一個有上過龍舟的女子，實在超拉風的啊。

VOCABULARY

巴古〔Ba Gu〕
「BACK」的音譯，倒退。
例句：男生開車時，
單手巴古超帥的啊。

好佳在〔Hao Jia Zai〕
同「好理佳在」，台語發音。
例句：（跟好理佳在一樣吧……）

純樸保守的嘴砲女王

今天一進公司就發現電腦壞了，真是天賜的打混好時機，於是我就站在走道上看報。這個時陣，有一位中年主管走來，忍不住跟我打起嘴砲。

說到這位主管，我個人是覺得他挺妙的，打從某次他跟我講雙關語，史上最會接話的女子我義不容辭的接了話，之後只要不小心打照面，他必定會跟我說一些下流的話。

我個人認為只是打打嘴砲而已，不痛不癢又不會少塊肉有什麼關係（如果可以少塊肉更好）。如果因為我的回話安慰了一個中年男子的心，讓他忘記苦悶的家庭生活，對上班充滿憧憬，我也算是做了一件好事來著。

結果，今天因為在大街上打嘴砲被我主管發現，很擔心我是不是在辦公室跟人家怎樣，還提醒我對方已婚，讓我開始認真的思考在一般人眼中我是不是太OVER了。

話說有一次跟網友在MSN，聊的內容只是些一點也不三級的垃圾話。講著講著對方突無預警的說出「我要身寸在妳臉上」。我聽完只想縮哇拷你老兄身寸程還真遠柳，然後完全沒放心上，我想我這種個性可能有必要改一改，不然應該無法嫁入豪門吧……（煙）

說到身寸這個字，最後不得不離一下題。話說本人身在光碟壓片界，剛開始追問進度時常常很不好意思，因為在光碟界，他們都是用「身寸」完了來代表壓片已完成，所以常常會跟業助產生以下對話。

我：進度如何？
助：那個周杰倫身寸完了，王力宏正在要開始身寸，預計三點弄完。

窩的馬呀這是什麼對話，真是太羞了啊～

→

拜完心安很多，
騎拜回家去～
不要問我為什麼戴面具，
我也不難道啊～（兩手一攤）

ONE DAY OF
JHAI NYU

HOURS

17

MINUTES

43

團購治療團體

本人人緣不佳的事，早已不是祕密惹。

我在公司一向保持低調，沒事不太和同事講話；如果不得已兩人被關在同一台電梯中，還會慌亂到假裝打電話免得要跟同事話家常；為了躲避大家中午<u>互揪</u>吃飯，我每天都帶便當。

看到這裡，眼睛雪亮的讀者不難發現本人有多難相處了吧。不怕告訴各位，在下就是那種結婚請兩桌都坐不滿的人哪～～

當然我是部落格女王暨新銳下體女作家（撥瀏海）的事，也沒有告訴任何同事。沒想到，有一天同事拿了報紙專欄來問我：「這是妳吧？」看著那張郵票大小、明明沒有臉的照片，想縮醬妳也認得出來上輩子應該是鑑識組的吧。

此後，我的部落格就被同事破獲了。雖然我有委婉的請她不要告訴別人，但也有心裡準備這件事會慢慢傳開來，畢竟不嚼舌根的OL就不是OL了啊。幸好我沒寫什麼同事的壞話，不然以後上廁所時可能要提防尿尿水球從天而降了。

但這些照例不是本文重點！重點是好心的同事看到我常寫文章靠夭大家團購不約我，可能有認真的把這件事放心上，從此只要有團購她都會找我，找完不忘補上一句：「不要再說大家不找妳囉～」害我都羞赧惹，真是<u>糾甘心</u>ㄟ。原來被發現也是有好處的。

不過，我發現職業婦女會團購的東西包羅萬象，除了蛋糕滷味等比較常見的食物類，還有兒童背包清潔用品或我個人比較少涉獵的昂貴農產品比如西北櫻桃等等，那天還聽說大家在團購貴婦級的超高檔洗面乳。

據我觀察，最多的應該算是蛋糕布丁等甜食類。剛好我個人比較不偏好甜食，被問了約莫三次我都婉拒，之後大家

VOCABULARY

互揪〔Hu Jiou〕
互相邀約，台語發音。
例句：公司團購同事都會互揪，就是不揪我！（跺腳）

糾甘心ㄟ〔Jiou Gan Sin E〕
很貼心、很感動，台語發音。
例句：台南的讀者送我松村燆之味糾甘心ㄟ。

自己訂不揪我的情況又繼續下去惹。難怪之前有前輩語重心長的跟我說，團購是一個會考驗忠誠度的教派，一發現會員不忠心馬上會被逐出師門。

為了怕有那麼一天，不管什麼她都訂，家裡多了一堆莫名奇妙的東西，午夜夢迴時常覺得午告納悶ㄟ；可一有新的還是義無反顧撩落去，彷彿跟著訂了才會國泰民安心裡也比較踏實。我想，這也是OL自我治療的一種吧。

上禮拜又看到公司送來了很多吐司，連吐司都要團購一定很好吃吧（滾來滾去）。好想吃哦可是都沒人問我，人家也好想參加團購治療團體哦～～～（絞手帕）

VOCABULARY

午告納悶ㄟ
〔Wu Gao Na Men E〕
有夠納悶的，台語發音。
例句：連這個也要造句，
真是午告納悶ㄟ。

撩落去〔Liao Luo Cyu〕
豁出去，台語發音。
例句：我決定撩落去，
跟你梭了！（拿出瑞士銀行本票）

職業傷害事件

從前從前，有個隱藏於民宅之中的專欄女作家。有天她坐公車出門時，看到一個約莫十五六歲、皮膚白裡透紅、穿著極短運動褲的小女生和兩個男性友人在公車上站著聊天。

因為那個女生太可愛又青春滿溢，讓她回想起十八年前她也曾青春俏麗過（遠目），想著想著情不自禁的多看了她兩眼，竟意外發現她沒剃腋毛！

小女生拉著公車拉環的手像是張開雙翼，短短的袖口處噴發出一叢捲毛讓女作家看了十分矮油，但又強迫症發作、眼神一直向那兒飄去，很想擋在可愛妹和她的男同學之間幫她牽手護腋毛，免得被男同學看見感覺會很不良好。沒錯，這位女作家就是這麼的急公好義愛心不落人後。

公車就這麼晃呀晃的，女作家看著身旁的體毛，腦中浮現了一段悲慘的往事，一段想讓她開大水沖澡沖去的不愉快回憶……（再一個遠目）

話說她年輕時剛進公司沒多久，遇到了一個奇怪的女同事。那位女同事年紀約莫四十出頭未婚，穿著打扮走一個蕾滋夢幻小粉紅路線（以下簡稱老粉紅）。老粉紅最恨自己有白髮但偏偏長了一堆，因為江湖上有在傳白髮用拔的會越長越多，所以老粉紅不敢拔，只好請女作家幫她剪掉它們。

有一天，老粉紅女士冷不防的蹲在女作家的位子旁悄悄的說：「幫我剪一下好嗎？」女作家一邊看著電腦螢幕一邊應聲，回過頭的那個時陣她簡直嚇傻惹——老粉紅小姐張開了她毛絨絨的腋下，拿了一把剪紙用的大剪刀，以老鳥的身份逼新進同事幫她剪腋毛！！！

這個摸們，女作家六神無主且千頭萬緒，一時不知該做何反應只能呆在原地，腋毛的主人適時開了口。

$\rightarrow$

邊泡澡邊玩。
花之少女婦情懷總是溼～
（羞怯）

老粉紅：幫我剪一下好不好，太長了。（說著便指著自己茂密的腋下）

女作家：妳……妳為何不去美容院除毛，現在都有在幫人除啊。（強自鎮定，但聲音都發抖惹嚇到快漏尿）

老粉紅：因為我昨天去看了，現在沒在特價。

女作家：可是……剪成小平頭會站起來刺刺的更不舒服吧！（為了逃避這個工作開始想些爛理由，並且試圖講點道理）

老粉紅：沒關係，妳就先幫我隨便剪一下啦，現在太長了不好看。

女作家：（驚）大嬸～妳也知道不好看呀！那就害羞的回家自己處理，幹嘛叫別人弄啊))))))（以上純屬心中的靠夭，女作家身為新進菜鳥，完全不敢對老鳥說出這麼大不敬的話）

即使女作家在心肝內搖晃著女同事肩膀並且甩了她兩巴掌，然後大聲斥責她叫她滾回家自己修毛，但現實生活中的她因為耳根很軟還是含淚幫同事的腋下理了個阿兵哥式的小平頭。一邊理時她一邊想著，這一定是她一世人最慘綠的回憶之一，往後的人生會常因為這件事在夢中哭醒吧。

打著打著，不爭氣的眼淚又沾溼鍵盤惹……為了保護當事人，本人決計不會縮粗那位腋下剪刀手是誰的！（咬牙）

存在感很低的逼哀上班族

關於本人存在感很低這件事，常看我部落格的朋友應該都知道。大家合買樂透及合包滿月紅包不約我，除了可以顯示我跟同事真的很不熟之外，其實也有些人為疏失的成份。但是，今天發生了一件不可原諒的事！

是醬的，今早一進公司就覺得氣氛有異，大家壓低聲音西西蘇蘇的在談論什麼不可告人之事，還有人來問我有沒有看到……原來，昨天有神祕客發黑函給全公司，大意是指控本公司老闆怎樣怎樣又怎樣（到底是怎樣我不敢寫出來，因為我沒膽）。

奇怪的是我並沒有收到。

本來以為是老闆到公司壓住這件事，所以晚到一點的人的MAIL都被回收惹。不過事實證明一切都只是我的幻想，全公司從老闆到工讀生，無論大家幾點開信箱，只要有電腦的人都有收到，而我找遍所有的資料夾都看不到那封讓人西西蘇蘇的信，心情十分的沮喪。而且因為大老闆在公司飄飄盪盪，所以沒人敢開給我看；加上那是一封英文信，大概要給我半小時及一台翻譯機加一瓶蠻牛才勉強看得完，所以直到現在我還是不知道詳細內容。後來聽說那信是發給我公司全台灣及全中國的員工，也就是說＊＊企業員工數百或數千人，只有我沒收到！

真踏馬的太低級惹。這應該是系統發出來的，印象中輸入「TAIWAN ALL」，全台灣員工就會收到，難道他是寄給「CHINA ALL;TAIWAN ALL BUT小紅」?!

干！我為公司盡心盡力這麼多年不加薪就算了，連黑函都收不到，敝人對公司的最後一滴向心力已然化成灰燼！到底我做錯了什麼，不但大家買樂透不約我，現在連黑函都不把拎北放在眼裡？

這個時陣心中有點不祥的感節，難道驚悚片的橋段在現實

VOCABULARY

西西蘇蘇〔Si Si Su Su〕
狀聲詞，形容低聲談話。
例句：我不會告訴你
我在西西蘇蘇什麼的，
你死了這條心吧！

生活中花生?!就是大家都不跟我打招呼，走路會沒禮貌的朝我撞過來，明明我在廁所小便還是有人硬闖進來蹲我前面，然後某天翻到舊報紙才發現三個月前本人已經出車禍掛點惹!!

但這個推測似乎太扯了些，畢竟前兩天敝人才被警衛催繳管理費縮(淚)。

又想到一個例子，上次友人屎努比的MSN中邪一直瘋狂發送病毒，她的暱稱改成「收到網址的朋友請不要開，那是病毒」。但，本人並沒有收到，所以連她的毒也沒把我當朋友!淡淡的哀傷籠罩心頭～

不過，世上有個不該記得我的人，始終對我念念不忘，那人就是李叉叉他老木。本人一直到現在還會三天兩頭收到李媽媽寄來的垃圾信，其中一封還害我電腦中毒惹，每天都要先跑一段怪檔案才能開始工作，幸好是在公司開的(呼)。

李媽媽，如果您需要(老)女上師MAIL的話我這兒有，請您撥冗UPDATE一下「兒子的女友」這個名片的信箱吧，我早就被甩了被甩了啊啊啊～～～

VOCABULARY

花生〔Hua Sheng〕
「發生」的變音。
例句：花生捲冰淇淋太好吃了！

OL的MSN激戰

私以為辦公室裡最光怪陸離的事，莫過於明明坐在隔壁、伸手就能摸到的同事，往往會利用MSN來交談。要說祕密或是說某個人的壞話時，這招很好用；但是有時只是道聲早安，用MSN就太無聊了點。而且對方在打「早安」時頭都不會抬一下，讓我想當面示意都不好意思，只好也回覆一句早安加一個小臉……搞神祕搞成醬也太過火了吧。之前有個同事坐我旁邊，應該是兩人站起來各跨一步就會撞到的距離，而且之間無隔板，一轉頭就能看到她全身的那種。她是一個單身女子，人很熱情大方，只是由於在下難相處總是認真在工作上，跟她一直不算有私交，因此兩人聊天內容大多是以公事為主。有天，她突然MSN敲我。

VOCABULARY

喇低賽〔La Di Sai〕
敷衍、隨便應和，台語發音。
例句：不要再喇低賽了，
快造句才是正經事。

蛤〔Ha〕
疑問詞「什麼」，台語發音。
例句：蛤～你說什麼？
再說一次……

同：小紅，跟妳說一個祕密。

我：？（滿腹疑問，但不動聲色）

同：我最近變胖了。

我：變胖不是祕密，如果變胖是懷孕才是祕密吧。（喇低賽，但不動聲色）

同：對，我懷孕了。

我：蛤！（驚訝的眉毛深入髮際，但不動聲色）

同：四個月了，我最近好胖哦，肚子都頂到鍵盤了，我想不說不行了。

我：知道爸爸是誰吧？（試圖做個簡短的訪問，但不動聲色）

同：知道啦。

我：那有要結婚嗎？（眉毛慢慢降下來，但不動聲色）

同：孩子的爸還不知道。

我：是哦～（眉毛又挑高了點，但不動聲色）

同：我想肚子一直大起來，不說也不是辦法，以後會有需

要大家幫忙的地方。

我：沒問題啊，有什麼需要儘管說吧，以後要搬東西千萬找我幫忙啊。（想縮這麼<u>赤激</u>的事原來不是八點檔才有的，但不動聲色）

整場對話就在雙方都不動聲色的狀況下結束惹。從頭到尾我們只有緊盯螢幕，連眼神都沒有交會過。

不知道大家有沒有看過《英雄》這部電影，裡面有一個很妙的橋段叫「內心的激戰」，就是兩個要交手的人一人站一邊，互相幻想要用什麼招式。從頭到尾都沒動但在心裡大戰了三百回合，最見鬼的是最後總能分出勝負，兩人還氣喘吁吁的。真是太荒唐了。

後來可能因為大家在上班時內心的激戰太多，公司宣佈鎖MSN，才結束了這等亂象。

最後，我想離題靠夭一下。

該名孕婦後來去生產，在下當了她的職務代理人，過了約莫兩個月豬狗不如的加班生活，每天忙到我很焦慮，往往在加班的摸們失去理智在內心瘋狂吶喊：為什麼有人沉溺在性愛當中生了孩子事情還要丟給別人做？哼！大家都去著床去著床啊，事情都給我做好啦（怒火中燒捏碎玻璃杯），有一天老子也會著床的，等著瞧吧哇哈哈哈哈哈～（站在山頂叉腰狂笑，但不小心笑出心酸淚）

VOCABULARY

赤激〔Chih Ji〕
「刺激」的變音。
例句：赤激的赤不用捲舌哦～

PLS CALL ME風速女丸

公司前陣子來了個外國女主管J，非常熱愛極限運動，可能是看到我發達的小腿肌以及下班後常背著亞力山大的包包，加上某次她在聊馬拉松時我路過一起討論了一下，她打心底認為我是熱愛運動的女人，揪人一起去跑馬拉松時一定會找上我，而我看在她是大主管以及馬拉松比賽也不是說有就有（我當時愚蠢的這麼認為啦），就隨口答應了她。

沒想到幸運之神就像吳靜嫻拋棄小彬彬釀的遺棄了我。幾個禮拜後竟然就有個該死的馬拉松賽！當初答應要一起跑的同事們一夕之間掰咖的掰咖、陪老婆回娘家的回娘家（老婆被塞進車裡時還大喊「我沒有要回娘家啊啊啊」），只有我一人因為耳根極軟無比，只好十分黯然的跟她填了報名表。為了怕跑到一半不小心暴斃，我還事先展開地獄般的體能訓練，沒事就在滑步機上滑來滑去鍛鍊體力。

隨著馬拉松日子逼近我越來越慌，報名表上說跑前兩小時之內不能吃東西，那六點半開跑我豈不是四點要起來吃早餐？不吃又怕跑到一半腿軟客死異鄉。為此我想到一個方案，就是前一天晚上多吃點，讓胃滿到隔天起床還在飽，應該就不會有空腹飢餓感。不過這個尺度很難拿捏，萬一吃得太OVER跑到一半想拉屎也很差。想著想著十分無力，我想要不要不寄物了把東西都背在身上，槍聲一響以手刀快跑的方式奔向捷運站回家好了。

悲傷的日子總是咻一下來到，很快就是心碎的馬拉松日。在關渡宮的細雨下，所有選手先一起做暖身操。此時附近一位著極短運動褲的阿伯在拉筋時＊丸淘氣的從鬆鬆的運動褲邊掉出來跟我對看，時左時右十分之俏皮，害我驚嚇過度有點腿軟。

跑前相當緊張，一直覺得自己會跑不完，因為完全沒跑

過，一開始不太會抓步調，衝一個太快，後來一直被超前很氣。

不過算惹，在下視成績如糞土，榮譽也只是身外之物，能活著回到終點繼續為老木盡孝才是最重要的……

約莫二點多公里處有一趣味組折返點，本人非常想跟大家一起折返，無奈跑這種的幾乎都是小學生，我太大隻很容易被拆穿，只好硬著頭皮跑下去。

──跑跑跑～向前跑──

三至四公里處，開始看到有人已經從10K折返點回來了，馬的，你們其實有偷坐車吧！隊友J真的很有活力，一路上不停的幫停下來的選手打氣，還一直叫我加油，而我只能用氣聲回應，默默想著不知道請她揹我回去會不會太失禮？

──跑跑跑～繼續跑──

終於到了折返點，這就表示老娘跑完5K了，在轉彎處拿信物時（←為了怕有人從中間偷偷的就回去，在折返點要拿個東西，表示你有跑到這裡）順便走了兩步，發現用走的腿好重呀，還是認命的跑吧！

──跑跑跑～我還在跑──

7K了～腳溼溼的還起了水泡，我心情很糟，天上的小雨代表我的心情，J在旁邊叫我微笑，還教我白鷺絲的英文怎麼說，我還是只能用氣聲叫她，累呀～而且我覺得腿不聽使喚了，過了一會兒看到8K的指示牌時，我的精神正式的離開了肉體，這種感覺還不賴，甚至覺得跑起來挺輕鬆，進入到一個涅盤的境界，J再度被我甩在後方，風速

大鬍子女性的好朋友
漂鬍霜來也。
有了它，
再也不用擔心接到兵單惹～
宅女小紅真情推薦

ONE DAY OF
JHAI NYU

HOURS

21

MINUTES

03

女王來上我身了。不過，暗！前面是個小上坡嗎？

——跑跑跑～沒力跑——

9K了～只剩一公里，我覺得我再也跑不動，很想停下來用走的，但聽到J在後面一直喊「小紅～加油」，停下來很丟臉，為了面子我死撐下去，再五分鐘就會看到終點線了吧。不過我已經產生幻聽了，耳中一直有嗡嗡聲，啊～前面不就是終點線了嗎？呀逼～（這是心理狀態，但生理反應是一個腿軟跑不動）這時候J以一個卡稱裝馬達的姿態越過我往前衝，經過時還拍了我一下，差點把虛弱的我拍碎了，說：「小紅，我要妳跑贏我，快！」我好像回答：「妳先吧，我想用走的……」但我當然沒停，停下來是馬拉松大忌，好不容易看到終點線，爬也要爬過去呀。

最後，在自己登出的火戰車配樂中，我終於用跑比走還慢的速度衝向了終點。當下本人真的是用盡全身的力氣奔馳著，但路人看我應該還是個慢動作吧。
真不敢相信我跑完10K了，花了六十六分鐘，換來一雙鐵腿和一雙大會贈送的環保筷子組。重點是：我真的跑完了，感覺還挺爽的。
迎著小雨，我們慢慢的走向關渡捷運站，坐下來時兩人都發出哀嚎，因為腿真的太痠痛了。看看手錶才八點多，你們這些死老百姓還在被窩裡時，老娘可就跑完了十公里，以後請叫我一聲風速女丸吧！

【補充】接下來的一個禮拜，我蹲下小便就會哀嚎，上下樓梯要扶著，走路時腿會開開有時還要用手搬腿才跨得上階梯。路人會不會以為我去打胎啊……

呀逼〔Ya Bi〕
感嘆詞，開心的意思。
例句：哦～呀逼！

女丸〔Nyu Wan〕
「女王」的變音。
例句：有個很紅的作家叫做女丸。

光怪陸離事件簿

———

GUANG GUAI LU LI SHIH JIAN BU

金剛指第十八代傳人

剛剛在切鳳梨時，不小心輕輕碰了一下陶瓷刀，竟然馬上被砍出一道好深的口子，深到我有點嚇到。才小小的碰了一下捏，這刀也未免太利了吧。

這把我最愛的刀是李叉叉送的，一把小小的刀竟然要價一千五百多真踏馬的貴啊。不過它真的好利，簡直快看到骨頭了。就在敝人血流不止的摸們才發現我家很窮，連OK繃都妹有，只好頂著毛毛雨出門買。我孤獨的走在小雨中充滿肚爛的情緒，為了維持生存的信念只好邊走邊失血邊罵李叉叉，送這麼利的刀分明是想取老子性命，幸好陶瓷刀不能切硬物，不然老子的手指都要被它砍下來惹。清醒後想想，這一切好像是自己笨跟李叉叉無關，在此跟他說聲縮蕊了。

然後我要害羞的承認一件事。今天下午在公司辦公時覺得腳皮好厚很不酥湖（插播一下，在這世上有幾個東西我看到之後不處理就會渾身不舒暢：1.粉刺；2.水泡；3.腳底厚皮；4.傷口結痂），我忍了半天實在凍未條就偷偷摳了一下，沒想到竟然摳出血來！而且我是感節腳底有點溼滑，看到鞋底血跡斑斑才發現這件事。（啊～我大力金剛指第十八代傳人身份曝光惹……）今天一直見紅八成是犯血光之災，流了這麼多血希望體重有輕一些啊。

關於徒手弄傷自己，敝人經驗很豐富。最驚悚的是某次拔完智齒，回家邊看電視邊撕嘴皮，因為打了麻醉嘴唇麻痺失去了展節，老木一進客廳看到女兒下巴都是血整個嚇到。我照了鏡子才發現嘴唇周圍都是乾掉的血，很像電影裡中邪後生吃內臟的女孩兒，幸好發現得早，不然可能連媽媽都被我吃惹。

最後要表揚一下這把刀，又美又利傷口還很整齊，李叉叉，我要破例為你唱首歌～

VOCABULARY

縮蕊〔Suo Ruei〕
「SORRY」的音譯，對不起。
例句：縮蕊惹，XX書店～

凍未條〔Dong We Tiao〕
忍不住，台語發音。
例句：李叉叉說我大腿這麼粗，
他快凍未條惹～

→

鄙人的腿圍
跟女明星的腰圍一樣粗！
量尺寸真是件
親痛仇快的事柳～

ONE DAY OF
JHAI NYU

HOURS

21

MINUTES

47

完全腦殘紀錄

有個朋友因為做了件笨事自責不已，我很想安慰他：這不算什麼（聳肩），反正腦殘向來不是國人十大死因之一嗯免驚；再者請相信我，要比腦殘我不會輸的，還不是活得白白胖胖！！只要看看本人的腦殘全紀錄就能明白了。

【案例一】某天早上匆忙出門，外套裡勾了一蘇奶罩不自知，到公司才注意到我的袖口處有條背扣在風中飄揚，一拉竟然拉出一整件內衣（驚）！幸好沒被同事發現，不然沒辦法再做人惹……

【案例二】剛加入亞力叉大時，對游泳這件事很著迷。有天為了方便起見，裡面直接穿了泳衣想縮一去就可以跳入池中好快意，等到游完、洗完澡才發現我沒帶內褲（又驚）！只好害羞的一路壓著裙子回家，深怕一陣風起會因為暴露下體被警察抓。之後我整個人變得謹慎起來，游泳前必定再三確認有沒有帶內褲，有時候還帶兩條求個心安。沒想到顧此失彼，有回忘了帶不辣甲（更驚）！而且老天爺對我很薄，那天剛好又穿白T，只好雙手抱胸走路回家連公車都不敢坐，因為本人實在騰不出手來抓把手啊～

【案例三】還在唸書時有天跟姊姊一起出門，下了電梯走在路上姊姊突然開口：「妳今天要去上學嗎？」我回是啊，不然我能去哪。然後姊姊就問了：「那為什麼妳不帶書包？」我才注意到自己什麼都沒帶就隻身出門惹還真瀟灑。還有一次家裡只有我一人，我就衣衫不整的走來走去忙著準備出門，一切就緒後穿了鞋子正要開門，感覺下半身涼涼，原來我忘了穿褲子（實在驚）！幸好發現得早，不然可能要搬家才能解決問題惹。

【案例四】有次參加廠商尾牙有點醉，等捷運等了十來分

VOCABULARY

嗯免驚〔En Mian Jing〕
不用怕，台語發音。
例句：有了宅女日記，
嗯免驚大便沒書看了。

鐘相當惱怒，明明對面月台車子來不停我這邊就是沒動靜。差點要去投訴時，才看到這個月台根本沒開通，前面都是告示牌還用個紅繩子圍起來，而我一直站在紅繩子前生悶氣。另一次，我在一個很荒涼的捷運站，放眼望去應該不超過五人，車子來時突然把它跟公車搞混了，很擔心它過站不停所以很熱切的對它招手……

其他像是洗完便當後順手把便當盒丟了廚餘帶回家、出門之後發現手機沒帶帶成家用電話、到公司覺得早餐店異常冷清一問之下才發現今天不用上班等等，三不五時都會來一下。
奇怪，本人明明是以小心謹慎聞名的摩羯座啊，那些蠢事一定是我腦殘的雙胞胎妹妹幹的吧！

──番外篇──
我弟比我還誇張，有次他不小心穿到我姊的內褲（因為都是白色），那時候他已經是國中還高中生了，在一陣恥笑之後我們開始擔心他會不會是故意的，加上他常會偷用我的髮圈更是讓人起疑，我家只有一個兒子啊～難道就要絕後惹？！（祖先們淚奔）直到後來發現他會偷上色情網站，全家人才放下心中的大石頭。
這篇的重點真的不是我姊內褲很大條唭，而是我弟他真的很瘦啊……

***芳心未息夜夜喊冤

人生在世總有一些比較害怕的東西，而敝人在下我除了害怕男友去尬（老）女上師（又是這個老梗，此事我要嚐一輩子）之外，第二怕的應該就是鬼了。（抖）

我娘常說我很沒種，除了一些會引鬼出門的傳說（比如打死我都不會在晚上吹笛子或口哨）本人深信不疑外，看到鬼片或聽到鬼故事都會讓我心神不寧很久，晚上尿急也不敢上廁所。

有陣子市面上充斥著鬼故事節目，好像每個藝人都時不時的跨丟貴這樣。那些節目我娘都超愛看的，每次遇到她在看我都要掩耳快速通過客廳才行，免得不小心聽到晚上又要憋尿了。

之後交了一個男朋友特愛看鬼片常逼我陪他去看，為了一個「愛」字本人只好硬著頭皮陪他去。討厭的是該男還會檢查我有沒有認真在看，不准我有躲在他肩頭或用手遮眼等行為，所以遇到恐怖的橋段我都會假看，用鬥雞眼來讓自己失焦。現在想想他真是太變態了，幹嘛跟自己女友這樣過不去捏。

兩年前我開始在看房子，只要遇到價錢低於市場行情的都會打心底認定它有鬼。看了半天都沒遇到中意的，終於看到一戶地點好價錢又超便宜，上網研究半天我決定約仲介去看看它本人，進去後覺得格局也美賣，真是夢中的美屋啊。結果仲介竟然神神祕祕的跟我縮：「這棟樓十幾年前出過事情所以價格好談，喜歡的話有得議。」

我就說嘛，哪有這麼好的事，這一帶一坪都三十五萬左右，這間只要二十萬還歡迎殺價！這不但有鬼還是隻猛鬼吧！當下很想問到底是出了什麼事但不敢提，深怕「它」在附近飄啊飄的，聽到我們在講它的事，就貼在我背上跟我回家了。

VOCABULARY

嚐〔Dang〕
教訓、提醒，台語發音。
例句：做錯事會被老闆嚐。

跨丟貴〔Kua Diou Guei〕
看到鬼，台語發音。
例句：七月半很怕跨丟貴～（抖）

回去想想實在很喜歡那間，看了這麼久只有它深得我心又超級便宜，本來已經要按下立即購，最後一刻想想不安心就上了台灣凶宅網，至少要知道出事的是哪一間我好防著它。

這一看不得鳥，原來出事的是一位二線演員，而且是發生凶殺案！由於細節沒有交代得很清楚，所以我用估狗一路追查下去——這一看更不得鳥！原來很多鬼話連篇之類的節目都講到那件事，還有藝人出書寫過它，標題是「＊＊＊芳心未息夜夜喊冤」。

媽呀，它夜夜喊冤夜夜喊冤柳～～～！我腿都軟惹，當下打消念頭決定不要貪小便宜，免得住進喊冤大廈，我晚上怎麼睡啊。

不過我發現越是沒種的人，越會受到老天爺的創治。某天半夜我閒著閒著突然想進點音樂，把CD放進PLAYER按下PLAY後，播出的東西不是我放進去那片。我當下頭皮麻了一陣，安慰自己「一定是我放錯了」，拿出來檢查後發現沒錯沒錯啊！（狂亂ING）然後用顫抖的手放回去再PLAY一次，內容還是錯的！！

剛好半夜窗外風聲很大，我背唰的一下涼了起來，感覺手毛都站起來了。這不是鬧鬼是什麼？！幸好音響中飄出來的不是金門王或梅豔芳的歌，不然我這麼沒種一定會口吐白沫的。

之後我在床上滾來滾去睡不著，好不容易挨到天光，鼓起勇氣到音響那去探一探虛實，才發現音響裡本來就有CD了，我又疊了一片上去，所以怎麼放都不是我想要的那片。

老子被嚇到輕微落髮後得到一個結論：原來塞進兩片CD，音響還是可以正常播放的啊！

不得鳥〔Bu De Niao〕
「不得了」的變音。
例句：大腿粗得不得鳥～

創治〔Chuang Jhih〕
捉弄，台語發音。
例句：命運總是無情的創治我。

天光〔Tian Guang〕
天亮，台語發音。
例句：我造句造到天光。

女兒啊～妳衣服會不會太低了點

自從某天本人發現自己胸骨部份肉很少看起來頗瘦後，人生正式進入到一個露奶的殿堂，不低胸不開心而且越露越過份，到後來走火入魔衣服低到一個沒有展節，上班上著上著發現不辣甲飆出領口算是家常便飯。但在下絕不是傷風敗俗的女人，心中當然還是有一把尺的，規定自己衣服再低膩頗也絕不可外露（這尺度也太寬惹），要做老木的乖女兒才行。

回想起本人剛開始走低胸路線時，保守的老木有點看不下去，有時看我準備出門會千里迢迢從廚房追出來說：「女兒啊～妳衣服會不會太低了點？」我回一句「剛剛好」就飄移出門，空氣中徒留老木的嘆息聲。

交了男友後，也被男友婉言相勸過：「妳衣服這樣低，膻中穴外露容易感冒哦。」或是：「我快看到妳的胃了耶！」但這些都不能改變我的決心。要知道當一個胖子找到了全身上下看起來最瘦的所在，叫她不能外露是非常殘忍的啊啊啊（滾來滾去）。何況乳溝乃身外之物，被看去又不會少塊肉（如果能少一塊就更好惹）。因為抱著這個信念，領子太高的衣服都會被我封殺，導致衣櫃打開不是應付寒流的高領就是低胸，正常衣服少得可憐。

親愛的爺爺過世時，我天天穿著姊姊口中「性感的喪服」（實在是我沒有正常衣服啊）。頭七那天我很識相的內搭了一件綁帶小可愛，想要保守一點，還是把老木惹毛了。當我專心在摺蓮花時，她老人家突然從我身後冒粗乃，一邊說法師要來了一邊把我的小可愛蝴蝶結拆了拉高綁到脖子處，可能是不想法師覺得爺爺有浪蕩的孫女吧……

寫到這再不進入主題好像有點太過份了。（沒錯，以上都是廢話！）

話說幾天前，我穿了一件卡在身上那種無肩帶的黑色小可

愛外搭牛仔外套出門，因為有點冷又披上一件大外套。晚上一堆朋友到某人家聚會，我把外套脫下後又恍神了五秒鐘東看西看，然後，眼睛餘光瞄到自己身上怎麼有片肉色看起來很像是我的胃部，我才發現——我的小可愛整件掉到腰上惹！

但這還不是最糟的，糟的是距離我五步之內有一名劉姓男子正對著我，那個摸們我真的有點輕生的念頭。想到我的不辣甲整蘇呈現在朋友面前，真的想死想死很想死啊！

之後的聚會我一直無法集中注意力，情不自禁的偷瞄劉先生想從他眼中看出一些端倪，不知道MY奶罩有沒有被他看去？該男子夜深人靜時會不會對我的胴體產生奇怪的幻想，以後連朋友都做不成了啊啊啊～

案發到現在好幾天了，這件事一直卡在心裡讓我很矮油，很想摳奧給木柵的劉先生：冒昧請問，你有看到我的奶罩嗎？

VOCABULARY

摳奧〔Kou Ao〕
「CALL OUT」的音譯，
打電話給某人。
例句：夜深了，
摳一個奧回家吧。

自體治療協會

這幾天天氣很帥,所以敝人天天以低胸裝扮招搖過市,可能因此讓膻中穴灌了風,昨天晚上有點類發燒跡象。先是一直發冷,然後皮膚開始變薄,輕輕碰到或跟衣服磨到都有點痛。

晚上睡不著,一下冷一下熱的滾來滾去,換算成里程應該滾到陽明山了。因為小時候有個經驗,就是有點發燒後又蓋厚被可能悶壞惹,被老木從棉被裡拉出來時發燒四十度路都走不好,現在我獨居沒有人會來拉情況相當危險。一個不小心,療癒系女作家殞落,大家想閒聊該怎麼辦捏。我會好好照顧自己請FAN屎們不用擔心~(好機車的說法啊)

起床之後情況似乎沒有好轉,筋骨很痠痛皮膚更薄了,公司主管問我要不要去看病被我斷然拒絕……走筆至此,不得不透露本人真實身份——是的,我就是自體治療的信徒,號稱史上最不愛看病的人是也(撥瀏海)。

「生病絕不進醫院,就算不得已進了也不吃藥」是我人生的準則,因為我覺得西藥很傷身又傷腎。感冒這種事自己會好不是嗎?我想,我會有這種習慣應該是家庭因素使然。

小時候我媽就很愛給我亂服成藥。還沒上小學時有一次感冒,我娘從冰箱拿一個藥粉給我吃。因為我不會吃藥粉折騰了半天,好不容易吞完了,那位太太突然發現彷彿吃錯藥,就一直挖我的喉嚨還用筷子頂我的胃逼我吐粗乃(←這是一個什麼樣的母親啊)。

再大一點時,我發現我的老杯常常在家自己進行外科小手術。因為我家人腳長得不好,常會犯一種叫趾溝炎的毛病,簡單的說就是趾甲長到肉裡,肉會爛掉來著。肉爛了很噁心,要擔心裸腳出門時蒼蠅會停在上面,我姊常嚇我

各·位·觀·眾
人體密技之ㄊㄨㄚˋ湯~

ONE DAY OF
JHAI NYU

HOURS

22

MINUTES

14

說我穿拖鞋出門野狗會把我的爛肉叼走這樣（←很慈愛的姊接柳）。反正我們家人常有這種毛病，我爸都會開個小燈拿尖嘴鉗和酒精和打火機在家中一角默默的動手術（不知道有沒有自己幫自己簽切結書），有一次還拿著鉗子試圖來幫我開刀，真是太可怕惹。但心中不免敬佩父親，我的爸爸跟刮骨療傷的關公沒兩樣啊～

小時候我們連牙齒都是自己拔，或是我媽在牙上綁一條線把它扯下來。還記得小學時某天老木試圖幫我拔牙，綁了繩子後因為很痛我開始反抗，我媽就把我騙去午睡（繩子沒拿掉），睡到一半，娘親偷偷爬上床想扯繩子被我抓到了……（煙）

在奇摩知識還沒問世前，有小病痛我都是問二姊溫蒂該怎麼辦。溫蒂姊的手段有點激烈，在此列舉兩例：

【例一】有一次我可能是火氣大，牙齦整個很腫，心情美送。溫蒂姊教我用牙籤或任何尖物戳牙肉放血治療，她縮放完血會好過很多。話是這麼說沒錯啦，可冷靜想想這一切都是火氣大造成的，放血真是治標不治本來著。但這個習慣一旦養成很難戒掉，我到現在還是對放血這件事很著迷啊（羞）。

有一次放紅了眼，放到一個沒展節，不小心用牙線把一小塊牙肉砍下來。不巧它就在門牙旁邊，一個大黑洞讓朋友常以為我那裡卡了一個菜渣。我的人體實驗證明，牙肉掉了是不會再長的，那個菜渣會跟著我一輩子，也喜歡放血的同好們要小心啊……

【例二】有時候味蕾會莫名奇妙腫起來嘛，我這人有病，只要味蕾一腫我全副心力就會放在那個味蕾上，有一次晚上因此睡不著覺一直去咬它，咬到舌頭上開了一小朵繡球

VOCABULARY

美送〔Mei Song〕
不開心，台語發音。
例句：剛剛好像造過美頌了……

花。後來我當然又去向溫蒂姊請益,她很正色的跟我說味蕾腫把它剪掉就好了。

溫蒂有一種神奇的魔力,就是她跟你說話時很一本正經,會讓人覺得她說的是一個硬道理,也就是人人都醬做的樣子。加上敝人耳根這麼軟,當然馬上就相信惹,立馬準備了小剪刀和酒精和打火機(總覺得燒一下咔安心)。

可是你知道的,味蕾都長很像,腫起來的那顆跟旁邊的那顆跟安潔莉娜裘莉嘴裡的那顆根本一毛一樣,平均要剪三四次才會剪到正確的。這情境有點像湯姆克魯斯在剪炸藥的線,紅黃藍綠要選一個這樣。而且味蕾雖小血會流很大(難怪咬舌可以自盡),第一個剪錯那區會被血洗,第二個更難剪了,常常會花掉近一個小時才會剪到對的。不過近年來本人功力增強而且不怕痛了,味蕾生不帶來死不帶去剪錯也不可惜,所以越剪越狠有一次還把舌頭上的一塊小區域都鏟平⋯⋯

不過此風應該不可長,所以電視機前的小朋友千萬不要學啊不要學～～

現在有什麼病痛,我通常求助於奇摩知識或是我最博學的朋友阿寶,只要不是咳出血來應該都不需要就醫才是(話說回來有一次我真的咳出血來還是先問阿寶)。

文末還是要提醒大家:雖然可以不看病,抹片檢查還是要做一下。六分鐘可以護一生,很值得的啊～

VOCABULARY

咔〔Ka〕
比較,台語發音。
例句:咔咔咔!
你會不會演戲啊～

恐怖的胃鏡

最近好像常染上腸胃型感冒，可恨的是並沒有因此而變瘦。今天早上又覺得胃休誇怪怪，根據經驗這就是傳說中的胃發炎。

記得數年前敝人的胃也有發炎過，那時很害怕的去照了胃鏡。如果是《玫瑰瞳鈴眼》，盛竹如一定會在旁邊唱衰我，（老梗！）提醒我做了一個改變一生的決定。可惜在現實生活中，盛先生並沒有告訴我照胃鏡這事兒千萬不能做。

那天早上請了假去排隊照胃鏡，護士先給了我一杯聞起來香香但味道有夠噁的油叫我喝下，光喝那個我已經覺得歸身軀不酥湖好想吐。之後讓我側躺在床上，臉旁還墊了一張衛生紙，然後醫生拿了一根管子往我喉嚨裡慢慢的塞進去。我真的很討厭東西頂到喉嚨裡那種噁心的感覺，一直到現在，想到那件事我還是覺得背後發涼手都冰惹。

我想不起來胃鏡有多粗了，但總覺得應該有成年的臭青母那麼粗。醫生一面叫我放輕鬆不要緊張一面繼續侵入我的胃，希望有一天我拿臭青母塞他嘴裡時他也可以很輕鬆。然後他整個人從床邊退到MONITOR旁看看我胃裡發生了什麼事，床跟MONITOR的距離排隊約可排進五個人，而且是台灣人那種鬆散的排法，不是阿陸仔那種黏在前一個人背上的超緊實排法。他一邊看著螢幕一邊動那根天殺的管子，在我的胃裡巡邏著。

然後，在他看完時，竟然隔著五個台灣人直接把胃鏡抽粗乃！！

演到這我相信盛竹如都不忍再看下去惹。我只記得我一直在流眼淚然後臉上都是口水，拿衛生紙一擦才花現我的口水裡充滿了血絲。原來我喉嚨被割破了，差不多有一個禮拜不能吃熱食。從此本人對胃鏡非常害怕，想到它晚上都

→

選台器
是宅女人生路上的最好朋友，
我結婚一定請它坐主桌！

ONE DAY OF
JHAI NYU

HOURS
22

MINUTES
36

會做惡夢，醒來後眼淚還沾溼了枕頭。

某次大陸的溫蒂姊回來也想去照胃鏡，我拿出這個小故事跟她分享，請她做好心裡準備。沒想到她照完後說一點感覺也沒有，還熱情的約我晚上去吃麻辣鍋。我想她的食道可能有森蚺那麼粗吧，而且她應該是胃不酥湖才去照胃鏡的，怎麼還約我吃麻辣還真是費疑猜。

總之，我決定這一世人再也不要照胃鏡了，我要好好照顧我的胃才行。

為了MY胃的健康，本人在此發下毒誓：以後點大辣如果還是不夠辣絕不再逼老闆追加辣度，如有違背願被黑道砍斷手腳筋！

謎樣的計程車司機

有一天跟朋友約了來不及，外面還下著雨導致視線模糊，本人在匆忙之間隨便招了一台車跳上去，一坐定就感覺事情不太妙——那台車破就算惹，車上還貼滿了畫像，每張都不同，讓人覺得十分不祥，有點像人皮燈籠，可能因為皮不好扒他就改用畫像代替。我心中登時充滿了司機肢解女乘客的新聞。如果是真的，盛竹如又要說了：宅女小紅萬萬沒有想到，她坐上了一台地獄來的計程車……（盛竹如你可不可以離開我的生活！！！）

幸好我沒猜對。不過接下來發生的事，讓我寧可被他殺了乾脆些。

那位司機很向上，一到紅燈就會拿起椅子上的文件夾閱讀，而且一副想要我問的樣子，邊讀邊往中間靠，試圖吸引我的目光。不過老娘也不省油，走跳江湖多年，這點小把戲我會看不出?! 我只是一個勁兒的看著窗外不理他，脖子都快扭到惹。偏偏那天下雨塞車，一直遇到開車空檔，最後他忍不住開口。

司機：小姐，妳知道嗎？所有會違規的人都有一種面相。我開車這麼多年，把他們的臉都記下來了。

我：……（驚訝得縮不粗話來）

司機：妳看車上這些都是我畫的。像這種眉毛粗八字眼的人，一看就會闖紅燈，我遇到都特別小心。像這個鷹勾鼻，他就是會違規右轉，還有……（下刪三千字）

我：……（此刻背後是涼的）

司機：我把他們的臉都貼在車上，讓大家知道他們就是那種不遵守交通規則的人！

我：是哦，那我以後會多注意這些臉。（開始覺得不太對勁兒，虛與委蛇不想激怒他）

司機：我還編了歌哦，我唱給妳聽。鷹勾鼻啊～你一定會
紅燈右轉啊～小眼睛，你們一定會亂停車～頭髮太粗的人
都會闖紅燈～我看得出來啊不啦不啦不啦～～～

VOCABULARY

盧三小〔Lu San Siao〕
煩什麼、吵什麼，台語發音。
例句：你是在盧三小？
再醬我要去告訴老師了。

這歌很長，分成好幾段，曲調都是一樣的，只是他們違規
的內容不同。邊聽邊對照他的素描，真是……別有一番風
味……可怕的是他還錄下來，讓他的歌聲從喇叭裡飄粗
乃。此刻如果我身上有武器，應該會想自我了斷。

不過好在我的目的地快到了，為了快點逃離這台地獄來的
計程車，我還提早了兩個路口下。下車後，竟然情不自禁
的邊走邊哼著他的違規歌，讓我懷疑自己中了降頭了！

關於計程車，還有一個充滿屎的回憶。

話說有的司機為了不要邊開車邊拿著電話，會裝一個什麼
東西，讓他的電話直接從廣播跑粗乃。我有一次坐到這樣
一台，司機一接就有一個恰查某的聲音說：你剛去哪了，
怎麼不接電話？

司機小聲的說：我去大便啦。

恰查某又說：哩共蝦咪～大聲點！

司機：哇KEY棒賽，棒賽啦))))（我耳膜快要破惹）

恰查某：那幹嘛不接電話？（他去大便沒帶電話啊，妳是
在盧三小！）

沒想到這時司機也火惹，大聲的吼：啊就去棒賽啊！
（干！我不想再聽到任何跟他的賽有關的事情惹！！）

司機：好啦～我現在有客人，晚點跟妳說。（干干干！你
終於發現你有客人了唷）

我覺得失心瘋快發作，他再棒一次賽我就要去招他脖子
了，差點失手殺了一個認真工作只是利用空閒時間去棒賽
的老實人，阿彌陀佛。扣扣扣～咚嗡嗡嗡嗡嗡嗡))))

三顆痣的故事

我的大姊是一個說風就是雨的女性，多年前的某個晚上她突然很想逛夜市，十分鐘後她跳了一下人就在饒河街惹。逛到一半看到一個點痣攤她又突然很想點痣，於是乎馬上坐下請老闆分析一下她的痣，然後決定鏟除它們。我姊的痣很多，像天上星星一樣數不清，算下來好像會花個幾千塊，所以老闆很阿殺力的說要幫我點三顆，算是滿三千送兩百那種週年慶贈品就是了。於是本人在毫無準備的狀況下被點了痣。

說到這不免想起一週刊報過的恐怖婦產科，只要是母的走進去他們就會指控她懷孕然後幫她墮胎，很多女生就醬莫名奇妙被墮胎惹。（寫出來後發現這兩個例子好像差很多，請大家把它忘了吧……）

說到點痣啊～（馬上轉回來）夜市點痣一點都沒有高科技的感節，手術台是一張好折凳，老闆拿了一罐我猜是有一點點腐蝕性的膏狀物及一根牙籤就開挖惹。旁邊還有人在炸麵粉包熱狗，很可惜不是炸杏鮑菇，不然我可能會買一包邊吃邊點。

我的三顆痣一個在臉一個在額頭一個在脖子上，點痣大師很帥，沒有洗手也沒有消毒，赤手空拳拿一根牙籤就開始挖啊挖。說真的非常痛，挖到額頭那顆時我覺得我有噴一點腦漿粗乃，脖子那顆因為有一點點立體感也被挖了好久。

在沒有麻醉的狀態下一直被牙籤狂戳其實有點痛，連敵人這種忍痛女王都凍未條，在夜市流下兩行清淚，我大姊點了滿臉沒暴斃真是生物界的奇蹟。

回家後我每天都在觀察我的痣，一開始除了隱隱作痛外好像沒別的情緒了。約莫三四天吧，我發現它們有點鬆動，有天起床其中一顆小的就失蹤惹連再見也沒說。我在床上

找半天找不到，跟了我一輩子的小點點就醬不見好失落。額頭上那顆因為比較大一點，我可以感受到它鬆動惹但還是掉不下來。有天我很無聊一直搓它把它搓掉，然後做成一張卡片用限時專送寄給當時的男友，之後去他家還會檢查他有沒有留著我的痣。有點想知道那顆痣現在還在嗎，昨天聽說眼尾痣招桃花，李先生請把我的痣還我讓我招一下。

至於脖子上那個有一點點立體感的就棘手了，它變成一扇活動門可以開開關關，很堅持跟我的脖子藕斷絲連硬是不下來。我每天一直翻動它，試圖把它翻鬆，但它很硬頸永遠黏在脖子上。

差不多半個月後，有一天老娘忍無可忍用力把它扯下來，真踏馬的痛還流血了並留下一個疤。最後我又把這顆跟了我一世人擁有很多美好回憶的痣送給老頭，為了怕他弄掉，我用透明膠帶黏在他衣服上。後來聽說他去抽菸時有個同事說：「你身上黏到垃圾了。」就幫他撕下來丟惹。他是個不珍惜朋友饋贈的人，請大家不要送東西給他了。

說了這麼多其實只是想表達一件事：電視機前的觀眾朋友，要點痣的話千萬千萬千萬不要去夜市點，請選一家醫院用雷射的吧，雖然貴一點但可靠多了。不然給我一罐通樂和一根牙籤，我幫大家挖好惹，還可以順便做染鬍磨腳皮指甲拋光的療程，包各位走出我家時煥然一新，連老木都不認識妳了。

心動了嗎？馬上打這個電話（手在前面比劃），如忙線中肯定是打錯惹，因為我電話很久沒響過了啊～～～（撲倒）

人間處處是肉鬆

今天早上跟同事講話講到一半，他問我眉毛上的東西是殺小，我拿粗鏡子一照才知道我眉毛上有一坨肉鬆，真是羞死人了。

我覺得我同事人好好，要我可能就不會講吧。記得之前公司某櫃台美眉很愛穿很短的裙子，有一次短到經過的人都看得到她的乃口。我本來想告訴她，後來還是隱忍了下來，一是因為不熟，講出來多少會怕她害羞；二是因為那時公司有兩個櫃台美眉，其中之一是江妹，我要力挺江妹所以不能跟另一個多說話，這就是江妹不殺伯仁伯仁卻因她而死的由來（離題）。

就因為本人是這樣的壞心人，所以我也常會懷疑我出了什麼糗別人不會跟我說。但我這人就機車在我可以不告訴別人、別人卻不能瞞著我，不為什麼，因為我是個假掰的女人（撥瀏海）。

比方某次約會過後回家，我發現齒縫卡了青菜。我最怕這個，被看到真的不想再做人惹。花現後我太慌張，就急急打開MSN，問方才約會的男子：「你剛有看到我牙裡的菜渣嗎？」很怕對方看到了隱忍在心中，對我產生不好的印象，一直到嚥氣那天對敝人的印象都是：矮鵝～那個牙齒有菜的女倫。

開口問的原意是想讓他知道我不是故意的，本人有在注意並且相當悔恨，但開了口後往往更糟，本來沒注意的事後都會想了又想吧。

又有一次我去找同事談公事，那天裙子太長他的房間又有個小台階，我一跨上就踩到裙子，當場把自己的內褲踩了出來。之後我講話都不能專心，一直感節內褲頭涼涼的，整個心情都灌注在那。

公事談到一半我們開始亂聊私事，聊著聊著我忍不住問

VOCABULARY

女倫〔Nyu Lun〕
「女人」的變音。
例句：男倫不該讓女倫流淚。

光怪陸離事件簿　　181

他：「你剛有看到我內褲嗎？」他驚訝的表情讓我很安心，看來是沒注意到我剛的走光事件，也沒發現本人幹練的外表下，內藏青春逼人的粉紅小雞乃口。不過，他要嘛以為我在暗示什麼，要嘛覺得我是個瘋的，因為他再也沒跟我說過話惹，奇怪，那天明明聊得很投緣縮。

然後這篇文章打到一半發現，我的鍵盤上竟然有肉鬆！

奇怪，肉鬆是在包抄我嗎，怎麼到處都有？！剛火大把鍵盤倒過來敲了一下，竟然又掉出不少來，逃難時帶上我的鍵盤應該可以靠肉鬆凍三天吧。

馬的我還沒嫁人耶，這種事傳出去還會有富商對我展開追求嗎？肉鬆，請你離開我的生活！！

$\rightarrow$

各・位・觀・眾
人體密技之點火不用手～

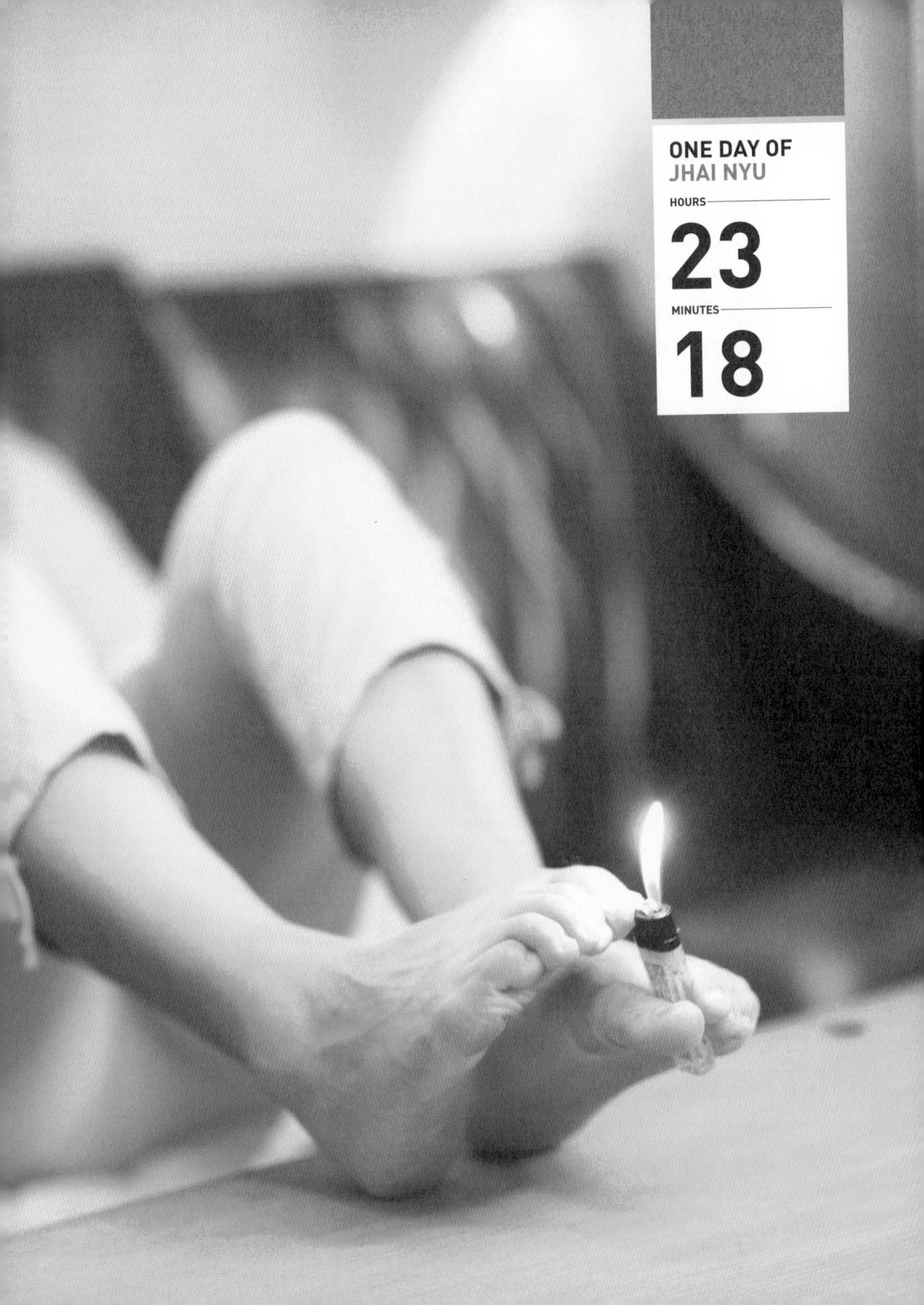

ONE DAY OF
JHAI NYU

HOURS
23
MINUTES
18

漢子們特有的帥氣

早上去買早餐時，老闆娘用沒人吃的麵包屁股擦刀子，我覺得好帥呀！她有時也會拿麵包擦桌子，這行為也令我讚嘆不已，而且擦完還會送給養豬戶一點兒也不浪費。一個麵包屁股能做這麼多事真是活得很值得。

我發現老闆當久了都會變很帥。比如用大鍋把湯倒在小碗裡一點兒都不會外漏，或是蒙古烤肉的師父用長筷子把菜都刮到碗裡精準無比的動作，還有火鍋店老闆徒手拿燒燙燙的鍋子更是令人折服。

另外，所有的太太們也都很強。

記得某年本人沉迷於在家做醉雞，有天在幫雞灑鹽加按摩時，我老木在旁邊說我加太多鹽了會鹹到掉毛，她就把生雞腿拿到水龍頭下沖一沖，沖完竟然還舔了一口試味道！（倒退三步）

此時我驚訝到久久不能回神，難道我媽被外星人附身惹?!（因為電影都醬演，被附身的人會開始吃一些怪東西……）可她一點都不覺得有什麼不對，跟我縮醬OK了就把那隻腿還我，繼續做她的事。

我覺得媽媽們真的很強，有時還會買活體食材回來與之搏鬥，然後做成一桌好菜給我們吃。之前聽說朋友的媽媽會徒手抓蟑螂然後撕成兩半，這種屬於太太的帥氣是我們常人無法達到的境界，真的很想為她起立鼓掌三分鐘。

還有一種屬於男子漢的帥，比如把菸黏在嘴皮上。之前看到前男友拿出菸來叼著沒點火，講話時嘴巴開開合合，那支菸會晃來晃去但都不會掉下來，這種發自內心的瀟灑讓我在旁邊看了十分著迷，去推他一下他的菸也不會掉，後來發現菸和他的嘴皮早已天人合一真是帥極了！

有次我偷了他的菸想試試這招，但我嘴皮不夠黏菸會一直掉下來，沾一點口水也沒法讓菸一直留在嘴上。這招真的

很神大家有空可以試試，不過切記千萬不要把菸點著，不然極有可能燒到大腿。

還有男性開車時的帥，倒車的時陣把手搭在副座椅背上專注的神情。另外一種人倒車時不用回頭，我問他為什麼不用看，他縮「用感覺的」。哇拷～真是條漢子，我為他喝采！本人都要撞到東西時才知道要停，但真正的硬漢用感覺就可以。

我的老年摯友黃老頭也很強。有次我在他車上明明不覺得有異，他突然停車下來檢查。我問他怎麼了，他說他剛好像被人輕輕的擦撞了一下，我問他怎麼發現的，怎麼本人一點感覺也妹有，他淡淡的縮「這就是人車合一」。就在這個摸們，我感覺他過高的髮線襯托得額頭閃閃發亮像夏天的海岸線，連疑似老人斑的斑點看起來都好有智慧，任何女人都會被他融化的啊！

突然想到某天我去跟我家附近的咖啡店老闆聊天，老闆也把菸黏在嘴皮上讓我好沉醉。話題結束後我忍不住稱讚他的帥氣，他害羞的縮「不過我菸拿反了」。我仔細一看果然白色那面朝外，他含著有渣的那頭，剎那間對他的孺慕之情都收回來惹。好糟哦～

【補充】抽菸的人在抽之前會把菸打一打，據說是為了要讓裡面的菸草集中比較好抽，我覺得這個動作也很帥。有一次本人很貼心的把老頭的菸全都拿出來打到菸草都往裡面降了5mm再偷偷放回去，想縮給他一個驚喜，沒想到他怪我把他的菸都打到軟爛醜死了，這傢伙真的不知道感恩的心四個字怎麼寫！

【再補充】抽菸畢竟不是好事啦～沒癮的人千萬不要為了追求帥氣去抽啊！

格局很小的女人

最近每天必做的事就是一早進入部落格廣告系統收益，超過八十塊就會喜孜孜，完全沉浸在賺小錢的歡愉當中。本日終於破百惹～（狂賀！）本人開心的邊走邊哼歌，然後發現我是一個格局很小的女人，為了一百塊錢差點沒拉禮炮慶祝，這輩子應該難成大器吧……

記得有次坐公車不知為何車上竟然有屎（聞不出是狗的還是人的），而且不是被人踩在鞋底帶上車，是整坨在車後排又被人踩到的感節，跟屎很熟的朋友不難了解這種被踩到拖行成一大片的是最臭的。

全車瀰漫著濃濃的糞味，乘客看起來都心浮氣躁，中途有人受不鳥就下車惹。可本人為了不想浪費錢，一直保持著鼻孔只開一個小縫，跟滿車屎味奮戰著。

終於～司機也發瘋了，表示車子大有問題請我們下車坐別台。本人以堅強的意志力打敗了惡魔黨並省下十五塊錢，剛好可以吃一枝百吉蘇打大冰棒，真是太開心惹～（穿長裙旋轉）

說到這，我必須跟某裝修公司的吳師父致上最深的歉意。之前我家的小工程有尾款五千是要等驗收完成才要付的，最後一次收尾時牆面有個地方不平被我挑出來，吳師父說下禮拜要再來幫我補平所以那五千也沒拿，沒想到隔沒兩天就發生惹<u>不速鬼</u>李叉叉去睡（老）上師事件。本人莫名被甩太震驚了失魂落魄夜夜失眠，約定日因為連續四五天沒闔眼瘋狂灌酒醉死在床上，加上本大樓電鈴是假的，吳師父可能有敲門我也沒聽見，於是我省下了五千元尾款真是感動得快要落淚。

原本想存著感激的心幫吳師父宣傳一下，在部落格PO個電話什麼的，但又怕他看到會來跟我追討五千塊。雖然我不認為他會上網啦，但小心駛得萬年船，畢竟我不但欠他

VOCABULARY

不速鬼〔Bu Su Guei〕
色鬼，台語發音。
例句：員外你這個不速鬼！（啪）

→

睡前複習一下七追四，
不要問我為什麼要戴朵大花，
因為我也答不上來啊……

宅女小紅の胯下界日記　　　　　186

ONE DAY OF
JHAI NYU

HOURS

23

MINUTES

47

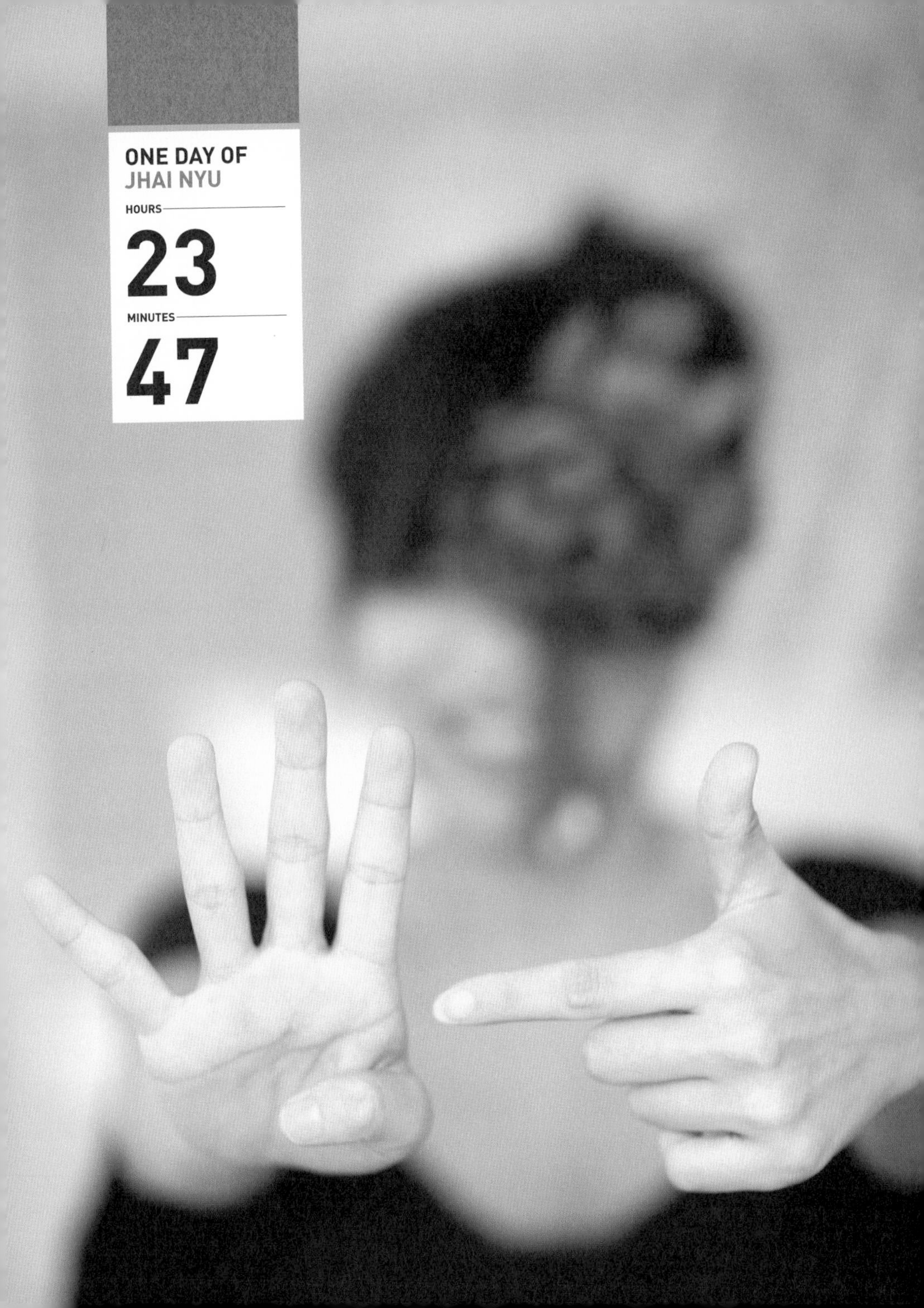

五千還幹走他一個梯子，真的很怕他會找上門來把它們都帶走啊。

吳師父抱歉了～謝謝您的梯子和五千元。您讓一個剛被劈腿、見識人心險惡的女子感受到人世間也有溫情，我要輕輕為您唱首歌～

【補充】我把賺了五千塊這個小小的喜悅跟黃老頭和江姊分享，沒想到他倆一起指責我A了人家辛苦錢。江姊我是沒法反駁啦，不過老頭你忘了我們有陣子沉迷於偷火鍋店的王子麵嗎?!大家明明一樣下流吧！(指)

年底莫名辦趴症候群

不知道大家有沒有發現每到年底或聖誕節前後人類就會莫名的想舉辦聚會，要嘛KTV，要嘛大吃一頓，彷彿不歡聚一下這一年就無法劃上句點。

通常這種以年底非聚不可為前提的無主題派對，都會被告知要玩交換禮物這個老遊戲，本來沒事抽抽禮物還美賣，但因為本人很背每次都會抽到不太實用的東西（沒錯！敝人在下我就是江湖上盛傳的籤王是也），比如會下雪的玻璃球、粉紅色的桌上型聖誕樹等等，總之只要有我在大家永遠不用怕抽到爛禮物，因為它一定是我的囊中物柳哇哈哈哈哈哈～（笑出心酸淚）

有年我想獨背背不如眾背背，與其自己衰不如大家一起衰，就提議來玩「前任情人爛禮物交換大會」，與會人士必須帶上前任情人送的沒有用的東西互相交換，而且一定要是前任情人的，現任的話太傷感情來著。

於是，我拿出初戀男友送的塵封已久的財神爺，淚流滿面跟祂縮「寶貝你終於能派上用場惹～」（話說財神爺本身並無任何示愛效果，為什麼會有男人送我這個我真是想不透啊想不透。）

這尊財神爺差不多有五十公分高吧，除了某年過年為了討個吉利有被拿出來展示一下，其他時間都默默的待在我家冰箱上面養灰塵，終於有機會脫手讓我心情大好做夢都會笑粗乃。

沒想到我們的三人小小聚會中有一枚說這是個爛遊戲堅持不肯玩，我的好友克拉拉則興致勃勃要拿出她的金門風獅爺來跟我的財神爺拚了。聽說雖然金門名產風獅爺本人只有三十幾公分高略遜財神爺一籌，但整尊是實心的銅製成，沒拿好一個不小心砸到腳應該就可以直接去領殘障手冊主演汪洋中的一條船了。

醬聽起來我好像比較吃虧縮，我的財神爺雖然大了點兒起碼很輕，攜帶方便還能招財是您居家旅遊的最好伴侶；風獅爺我就真的不知它能幹嘛了，而且很重不方便帶回家還要為它搭一個計程車真是賠了夫人又折兵。

總之這個計劃因為有人不合群而流產了，畢竟任何人聽到三支籤裡有兩支籤王而自己肯定會幸運中獎，應該都會嚇到剉溜想要手刀奔出國避避風頭的，所以我並不怪他，但心肝內一直沒放棄玩爛禮物交換會的心願……

後來可能江湖上開始在傳我和克拉拉的禮物很殺，所以一直找不到人願意跟我們玩這個爛禮物交換大會。幾年後經過一次搬家，我那尊愛的財神爺已然不知流落何方，而克拉拉則打算把她的風獅爺拿出來梳洗打扮一番，圍個紅領巾放在家裡避避邪。

哦克拉拉的風獅爺～（摟肩）你終於成為一個堂堂正正有用的風獅爺了啊！（感動落淚）

後記

能翻到這頁，應該是看完了整本書吧，先感謝大家的不棄嫌。

謝謝自轉星球，讓我狂放的用這麼粗俗的語言寫出一本垃圾書；謝謝《自由週報》的黃嘉瑞大哥，大膽的找一個路人寫專欄，讓我過足了專欄作家的癮，好驕傲的縮（撥瀏海）；謝謝恩人王公到尾，你讓我知道原來我寫的廢話是有人想看的；謝謝《中國時報》資深記者黃哲斌大人，要不是你迷戀我把我介紹給社長，也不會有《宅女小紅の胯下界日記》的誕生。

要感謝的人還有好多好多，為了怕漏就不一一點名了（怕漏二字好像衛生棉的廣告術語哦～）。總之，謝謝我的家人和所有朋友，不論是現實生活中幫助過我的，或是在網路上支持鼓勵我的、還有唸經回向給我的；以前我從來不曾特別喜歡自己，謝謝你們讓我覺得自己很棒，羞昂在此跟大家一鞠躬啦～～～

最後，連盛竹如都沒想到文盲竟然也能出書柳，這個社會生病了啊啊啊～～～（痛心疾首）

又，天上的爺爺，孫女現在跟您一樣也是作家了哦～～～（翹腳）

又又，不能說出名字的＊先生，我已經把你女友的稱號改成跟清海無上師齊名的（老）女上師了，打消告我的念頭課以嗎？

又又又，你現在如果是在書店裡翻閱，拜託請把我拿去結帳吧～～～（可以拿下面未拆封那本），順手買本書救救老殘窮啊～～～

BEAUTIFUL DAY 13

宅女小紅の胯下界日記

作者————宅女小紅（羞昂）
編輯————黃俊隆
編輯創意——謝光萍・黃俊隆
行銷企劃——謝光萍・簡培全・黃俊隆
校對————宅女小紅（羞昂）・一夫・黃俊隆

封面設計——王志弘
美術編輯——王志弘・徐鈺雯
內頁攝影——陳敏佳
服裝提供——台灣無印良品

出版者————自轉星球文化創意事業有限公司
　　　　　　台北市106大安區臥龍街43巷11號3樓
電子信箱——rstarbook@gmail.com
電話————02-8732-1629
傳真————02-2735-9768

發行統籌——華品文創出版股份有限公司
電話————02-2331-7103

總經銷————大和書報圖書股份有限公司
電話————02-8990-2588

印刷——前進彩藝有限公司
電話————02-2225-0085

2015年11月初版7刷
ISBN：978-986-83330-4-8

Published by Revolution-Star Publishing and Creation Co.,Ltd.
All Rights Reserved
Printed in Taiwan

國家圖書館出版品預行編目資料

宅女小紅胯下界日記／宅女小紅（羞昂）著
初版・——臺北市：自轉星球文化，2009.08
面；公分・——（BEAUTIFUL DAY；13）
ISBN 978-986-83330-4-8（平裝）

855　　　　　　98011414